U0027907

別叫我公主

All about Love 28

Do not Call Me Princess

by 袁晞

Last Christmas I gave you my heart
But the very next day, you gave it away
This year, to save me from tears
I'll give it to someone special

——〈Last Christmas〉

楔子

我人生第一次的告白是在十五歲那年，對象是比我大兩歲，司機大叔的兒子。

地點是車站廣場的大聖誕樹前，旁邊工作人員正架著超高梯子要在聖誕樹頂擺上金色星星。

時間是晚上九點半，補習班剛放學，因此附近應景的聖誕燈飾幾乎都已亮起，在文具店店門前擺著臨時攤車販售聖誕卡，同時還播著 Last Christmas 之類的必備歌曲。在那棵一看就覺得裝飾過度的聖誕樹下，圍著厚厚的圍巾，我和對方同時呼出了淡淡白霧。

告白時很有種地學著某本小說說了「雖然喜歡但沒有要交往」這種胡說八道的話，然後把一條實在很醜不過是本姑娘歷盡千辛萬苦親手織完的圍巾和手做卡片送給對方。

而對方看也沒看就把禮物收下，靜靜地，沉沉地望著我，過了好久好久才點點頭，給了我四個字——

「我知道了。」

然後，在除了沒有下雪之外像極了動畫般的美麗冬日裡，他彷彿怕我留下什麼懸念似的，以極嚴肅正經、絲毫不容懷疑的口氣補了一刀，不，一句——

「很抱歉，我這輩子都不會喜歡妳。」

「噢。」我呆了幾秒，然後再花了幾秒理解他的意思，接著才滿臉通紅，跺腳叫道，「樊書俊，你去死！」

然後我轉身跑走。

跑歸跑，不過沒哭就是了。

我一定要再次強調，沒有哭，我沒有哭。

什麼濕濕涼涼又滑過臉上的液體絕對是突然降下的雨水或者不知哪裡有人澆花造成的。

與其說難過，不如說是暴怒——竟然這樣對花樣年華美少女（最好是）說話，樊書俊你很惡劣惡劣惡劣惡劣惡劣！

什麼叫「我這輩子都不會喜歡妳」，你這輩子到現在也不過十七年，有本事等你七十歲再當面嗆我一次啊可惡。

不過，好像不太有什麼傷心的感覺，生氣跟丟臉的情緒佔據一切——

好吧，我想我其實也沒多喜歡他（我堅持）。

我用力抹著臉，抹去睫毛上的水珠，絕對是下雨，一定是下雨了。哼。

01

抱著超重超高一疊文件走往海外發展部，好幾次差點被走廊上來去匆忙的業務們撞倒。

腳上的廉價地攤牌高跟鞋很明顯已經磨破我的腳跟，腳趾也被難穿的楦頭壓迫得很不舒服，但我還是鼓足幹勁，大步向前——

然後絆倒。

「妳沒事吧？」

「沒事。」我慢慢站起，膝蓋直接著地其實痛得不得了，但還是使勁擠出笑容，向扶起我的人道謝，「謝謝你，真不好意思。」

「呵，又是妳啊。」對方揚起明亮的笑，「這星期是第三次了吧？」

「咦，真的！你是上次在大會議室門口扶住我、還有上上次抓住我讓我沒從樓梯上滾下去的那位——工程部的倪、倪、倪組長！」

倪君猷點點頭，微笑著幫我撿起大疊文件，「真有緣啊，每次遇見妳都剛好碰見妳摔跤。看來妳平衡感不太好。」

「呃，」連續三次都被同個人解救，我也太悲哀。「我的平衡感確實不太好沒錯……」

倪君猷替我抱起沉重文件，「要去哪個部門？」

「海外發展部。」

「知道路嗎？」

「知道。」我承認我常摔跤，但還不至於已經上班好幾天到現在還會迷路啦。

「這些滿重的。要小心抱好。」倪君猷把大疊文件交還給我，微笑著，「小心點。」

「謝謝。」

道謝完，和倪君猷擦肩而過的瞬間，忽然覺得這個人好亮眼——

透過玻璃帷幕射入的陽光落在他高挺的肩上，形成某種淡淡的光芒，將他的側面勾勒得十分好看。

嗯，前兩次不覺得，現在看來倪君猷滿帥氣的。不是那種令人一眼就驚為天人的類型，但舉手投足卻透著一股清朗斯文的氣質，五官端正好看，笑起來眼睛彎彎，給人親切溫柔的好印象。

該怎麼說呢，就是那種會讓人想在美麗的春日裡，跟他一起在柔軟又充滿香氣的草原上吃著可愛三明治、一起野餐的類型。

真是好男人啊。

而且，跟我等等要見到的那個，完全——不、一、樣！

加快腳步我努力維持超重文件的平衡，穿越重重障礙（？），好不容易才走到海外發展部的主管辦公室。

我把文件全堆在左手上死命撐著，然後空出右手按下水平門把開門。

噗啦——

結果文件還是如土石流般就這樣飛了一地。

「……我上次說過以後不許妳再送文件來，你們部門把我的話當空氣嗎？」

樊書俊冷著臉嘆氣，從座位上起身，走來我面前蹲下，幫我撿起四散的文件。

和倪君猷完全不同，樊書俊是那種既張揚又冷俊的類型，想不吸引人目光都很難，具有八分之一滿族血統的他皮膚白皙，如藝術品般冷而俊美，細長但深亮的眼總是透著一種出塵的冷靜，眉宇間漾著幾分孤傲與決絕。每當我看到他，總是不自覺想著如果在他哪邊的眼睛上加條疤，大概就會是那種擁有絕美容貌的冷俊海盜或傾倒眾生的孤冷殺手吧。

而我的少女時代就是被這張臉所騙，可惡。

「你是有說啊，但人手不夠，這些都是急件，我不送誰送？」

「每次只要是妳送來，我就得幫忙撿，這樣以後我乾脆自己去拿算了。」

樊書俊把文件堆在桌上，淡淡看了我一眼，順手關上身後的門，「既然來了，就坐一下吧。」

我老實不客氣地在會客沙發坐了下來，順便踢掉有史以來最難穿的高跟鞋。

「——『氣質』、『形象』，這兩個詞妳會寫嗎？」

「有什麼關係，小氣。」我哼了哼。

樊書俊皺眉（這人超愛皺眉，但也確實皺眉時特別好看），雙手抱胸，靠著辦公桌，看著我，「——今天第幾天了？」

我伸出手算了算，「今天星期五，剛好第五天。」

「很不習慣吧？堂堂慶恆泰集團的四千金，竟然屈就在人力行政課當個小助理，是不是覺得從天堂掉進了地獄？」樊書俊勾著嘴角，一臉等著看好戲的表情。

我白了他一眼，「哼，別小看我。」

「我沒小看妳，我只是不想替妳收拾善後。」樊書俊冷哼一聲，「我不懂會長在想什麼——沒事把妳這個不知人間疾苦的溫室花朵丟過來，根本只是想增加我的工作量而已。」

「你以為我想啊？誰知道我奶奶是怎麼了，突然要我來『看看這世界』——你知道嗎？我所有支票本無限卡黑卡全被取消了，只丟給我一張『悠遊卡』而且裡面還沒錢；然後現在住的小套房比我在家的專用鞋櫃還小一半，最好是我願意……」

樊書俊似笑非笑，搖搖頭，「妳在這裡的月薪，恐怕給妳買半隻鞋都不夠吧？喬小姐。」

我算了算，「大概差不多是某一隻鞋子的半截鞋跟或者一片鞋底吧……」

「真是被打敗了。既然『奉命』要過平民生活，拜託妳認真點，別露出馬腳。要是被人家知道妳是會長的寶貝孫女，到時就麻煩了。」

「知道啦。」我從沙發上起身，伸個懶腰，踩著地毯走動了一下，讓可憐的小腳趾們舒展一下，「——奶奶也真是的，直接派我當你主管不就好了？反正海外發展部的經理位置也沒人坐嘛。」

樊書俊毫不猶豫地伸手敲了下我的頭，「妳當我主管？喬世妍，妳比我想像中還厚臉皮。」

「喔唷，就是一直這樣被你敲頭才長不高。」我轉轉頸子，重新穿起地攤牌高跟鞋，感到腳趾幾天下來已被磨出水泡，「我走啦，有沒有什麼文件要送去其他部門的？不帶點東西走出去，感覺很奇怪。」

樊書俊轉身拿起桌上兩份文件，「這兩份要寄去 Y&K 國際律師事務所，上面已經貼好條子，幫我送給郵務組。」

「遵命。」

我的手已搭上門把，但樊書俊突然叫住我。

「欸。」

「怎麼了？」

「妳今天幾點下班？」

「一樣五點吧，幹嘛？」

「沒什麼，」樊書俊想了想，「本來想說如果妳加班，我就順便載妳回家，不過既然妳準時下班，那就算了。」

「就算你天天送我回去我也不會叫我奶奶給你升職加薪的，哼。」

「……小白痴。快出去，別妨礙我做事。」

「什麼小白痴，欸樊書俊你這樣對待慶恆泰集團的千金小姐沒問題嗎？！」

「自從知道妳被派來之後我就已經做好了隨時離職的心理準備。好了我要做事妳也快去工作，偷懶摸魚我可是會向會長報告的。」

「哼再見。」

走出樊書俊辦公室，我暗自深呼吸了一下，映入眼中的是彷彿戰場般的海外發展部，大約二十多個人的部門，每位業務都像是作戰般以飛快的速度移動著工作著洽談著。

確實，在我開始工作之前，我從來就不知道光是運作起這樣一個小小的部門就需要多少的時間精力和人事成本。

在奶奶決定讓我來『看看這世界』之前，我一直都是那種不問世事的千金小姐，雖然沒有誇張到四處跑趴什麼的（因為奶奶不准），但從來就沒想過「工作」這種東西到底是什麼；而奶奶擁有的「慶恆泰集團」到底是啥鬼，我也從來就不知道。當然，這也可能跟我已經有了很優秀的哥哥們有關——身為家裡的庶出老么，本來就只要會花錢跟混吃等死就好（被毆飛）——反正家裡又不缺繼承人。

好啦，就算真的缺，也不可能輪到我。

老爸的元配，那個俗稱「大媽」的女人才不會同意咧，她八成會說寧可把繼承權送給孤兒也絕不同意讓二房的女兒分到半點。

唉無所謂，反正讓我繼承我也只會搞垮公司而已（一整個不長進）。

□

以前只在電視裡看過的上班族日常，如今已成為我的真實生活。樊書俊那個討厭鬼其實說得沒錯，真的一不小心就會露出馬腳。

前兩天跟其他同期新進的女生一起吃午飯，她們聊到之前工作或者打工經歷，我完全搭不上話也就算了，當她們談到百貨公司週年慶時，我更是完全不知道傳說中的「週年慶」要怎麼買才對——畢竟身為集團千金，常買的牌子自己會把每季新款送到家裡讓我們先挑，根本用不著出門逛街，何況是為了折扣還得排隊這種事，更是想都沒想過。

「欽世妍妳怎麼都不說話，在想什麼？」跟我同期進公司、有著一張娃娃般可愛臉孔的以臻柔柔地問道，「妳好像沒什麼精神啊。」

我連忙抬起頭笑笑，「沒有啦，有點恍神，哈哈。」

以臻睜著已經很大的水亮亮雙眼，盯著我猛瞧，「是不是還不適應呢？」

「還好，總是會習慣的。」這可是我人生第一份工作，確實需要一點時間適應。

坐在我身旁，比我早半年進公司的敏晶瞄了我一眼，「一看就知道世妍沒吃過苦沒打過工，對吧？」

「哎唷妳別這麼說嘛。」我只能笑著打哈哈。

敏晶人不壞，只是說話尖銳了點；其實在新進員工訓練時，她最願意幫助我們這些小菜鳥，大家都說她是標準的麻婆豆腐——辣歸辣，其實內在還是很柔軟的。

「是說，世妍妳今天送文件去海外發展部，有沒有看到那個樊副理啊？」紫菱咬著湯匙，用某種曖昧還是充滿少女情懷的眼光詢問著。

「……有啊。怎麼了？」

紫菱迫切地望著我，「樊副理怎麼樣？今天是不是一樣那麼高貴那麼冷酷那麼帥？」

呃。

當年我還是個滿懷幻想的無知少女，一時被姓樊的那張俏臉鬼迷心竅也就算了；汪紫菱妳已經滿二十好幾年了吧，竟然還會被那個高冷毒舌王的外表所騙，是不是太幼稚了點？

當然同事之間不知道我早就認識樊書俊那個死傢伙，於是我只好笑笑答道，「就，一般吧，冷冷的撲克臉這樣。」

一想到樊書俊就火大，明知道我是會長孫女還敢叫我小白痴，姓樊的你這輩子別想在慶恆泰往上爬了可惡。

紫菱握著湯匙，眼神轉向半空中，一臉崇拜迷戀，「欸……妳們都不覺得，樊副理真的好帥好 MAN 好有男人味嗎？」

「覺得又怎樣？妳都知道他好帥好 MAN 好有男人味了，想也知道像他那種等級的男人身邊一定超多女生在虎視眈眈，要想吸引到他啊，太難了。」敏晶不以為然地說道。

「是沒錯啦，可是每次接觸他那種我稱之為『無敵高冷小睥睨』的眼神，我就忍不住覺得他實在太帥了。」紫菱咬著湯匙，扭來扭去，「欸欸妳們難道都不覺得樊副理真的酷到不行嗎？」

敏晶扯扯嘴角，「大家都這麼覺得啊，但是覺得又怎樣，也沒人敢越雷池一步約他出去啊。」

——最好他是約得動啦。

嗯不行我要忍耐，絕不能參與討論，一加入討論很容易就會被大家識破——原來我早就認識那個高冷毒舌王，這麼一來事情就更複雜了。

「欸，世妍，妳覺得呢？」紫菱忽然推推我。

「覺得什麼？」

「樊副理啊，妳覺得他是不是超迷人的？」

「……以姿色來說稱得上一流沒錯，」我不情願地說著——但突然有個人躍上了我的心頭，「不過，我覺得工程部裡有個男生也很帥。」

敏晶毫不猶豫地拍了下手，「妳說工程部嗎？那我知道！全工程部長得能看的不超過五個，可以被稱為『帥』的，也大概只有他了。」

「誰？是誰？」紫菱超級好奇，倒是以臻對我們的話似乎完全不感興趣，只是默默啜飲著咖啡。

敏晶挑挑眉，看著我，「世妍說的，是那個工程部二組的組長倪君猷，對吧？」

「賓果！」

「嗯，他真的滿可愛滿斯文的。」敏晶托腮想了想，「是不是有點韓劇『月亮的後裔』，還是『來自火星的你』那種感覺……」

紫菱聞言像是興奮過度的麻雀般動個不停，連忙問道，「是真的嗎？很帥嗎？有樊副理那麼帥嗎？不可能吧。」

「這兩個人類型完全不同啦。」敏晶伸了個懶腰，從座位上站起，「誰比較帥並不是重點，重點是誰比較好下手才對。」

「妳真的很直接耶。」我不禁笑了出來，跟著敏晶起身，把午餐托盤放到回收架上。

一直沉默不語的以臻也默默站起身，微笑著，「午休快結束了，我們也該回辦公室了，走吧。」

□

本來以為今天可以順利準時下班，沒想到臨時出現的人力支援任務讓我們部門措手不及。

當仙妮組長詢問有誰可以留下來加班時，我想了想便舉手自願——絕對不是因為我在工作上想力求表現，更加不是因為我抱著想要更了解自家集團如何運作這種正派想法，而是因為我一來不想那麼早回到那間比鞋櫃還迷你的小套房，二來是為了加班費。

好吧我承認慶恆泰集團的千金小姐竟然看得上區區幾百元的加班費，這的確非常詭異。誰教我現在是平民身分，只好連小錢也開始精打細算——我也是千百個不願意啊可惡。

結果，敏晶、以臻、紫菱統統有事，我們這組只有我和仙妮組長一起留下來。熬到九點，終於把明天要用的會議文件全部處理好之後，仙妮組長說要去補習班接小孩，於是啪地揹起包包，蹬著看起來很便宜但她絲毫不覺得磨腳的高跟鞋像是要趕著最後一班離開地球的太空梭般衝出辦公室。

而我，一邊慢條斯理地收著桌子，一邊突然想到一整晚只喝了杯咖啡，而且還是一包不到十五元的難喝即溶化學咖啡，不由得覺得超餓。

不過，今天的餐費額度已經用完了，這下我——

只好想辦法蹭飯吃了。

「噠啦～」我盡可能用歡樂愉快的表情和姿勢「跳」進樊書俊的辦公室。

坐在文件堆後的他冷冷抬頭，「——妳為什麼在這裡？」

「我來找你請客。」

樊書俊看了眼錶，「妳不是五點就下班了？」

「臨時加班嘛。」我看看四周，在沙發上坐下，「——你們海外發展部的人還真有膽量，留主管一個人加班，挺有種的啊。」

「傻傻坐在辦公室裡是談不成生意的。」樊書俊關上電腦，還是那副冷冰冰的樣子。

「那你怎麼不也出去談生意？」

「我是主管，又不是業務，只有必要時才需要親自出馬，這妳也不懂？」

樊書俊輕蔑地看了我一眼，「妳剛剛說來找我什麼事？」

「逼你請客。」

「我不要。」

果然。

這傢伙完全還是那副死德性。

「可是我很餓，而且超想吃麻辣鍋的。」

「那妳就去吃啊。」

我頓足，「哪有女生單獨一個人去吃麻辣鍋的？超奇怪。」

「是滿奇怪的，那妳就忍一忍直接回家睡覺吧。」

「喔唷！可是我就是想吃嘛。」

「那關我什麼事？」樊書俊雙手抱胸望著我，「妳說說看。」

唉。我在心裡嘆氣。

「就是啊，雖然我很想吃，可是自己去吃真的好怪，而且——」算了豁出去，「我今天伙食費的額度，已經用完了。」

「……喬世妍，除了『氣質』跟『形象』，妳連『羞恥』好像也不會寫，對吧？」

我相信一般女孩子在聽到這種話時應該早就氣得七竅生煙奪門而出了，不過由於我從學生時代就已經認識眼前這個高冷毒舌王加上飢餓已經完全吞噬了我的自尊，因此我還是勇往向前沒有放棄。

「我肚子真的好餓喔，好可憐耶，你都不同情人家。」

樊書俊揚起笑，充滿魅惑感，「我記得之前妳說過我冷血無情，既然妳都這麼說了，那我也只是剛好配合而已。」

「小氣！」

「我承認。」他聳聳肩。

「——是說，你覺得吃馬辣好，還是老四川好？」

樊書俊翻翻白眼，「為什麼就這樣進入了選餐廳的階段？」

「細節就不要在意了。馬辣吧，離公司比較近，我們可以走路去再回來拿車。」我盤算著。

「喬世妍，妳一點都不擔心被同事看到我們走在一起會有閒言閒語嗎？」

「必要時我就跟大家說我在倒追你，但你一直不『屈服』，這樣不就好了？」反正以前也不是沒追過嗚嗚。

樊書俊放棄似地嘆了口氣，「真是被妳打敗了。」

「我說妳啊。」

「嗯？」

「一直吵著要吃麻辣鍋，好，現在專程來吃了，結果竟然把麻辣鍋底撈到清湯鍋過水之後才敢吃，妳有問題嗎？」樊書俊盯著我重複把麻辣鍋底的豆腐放入清湯鍋略煮一會兒去掉辣油，忍不住問道。

我嘟起嘴，「我只是不太敢吃辣而已嘛。」

「不敢吃辣還一路鬼叫要吃麻辣鍋，等一下灌水就灌飽了吧。」樊書俊嘆了口氣，「妳都不覺得自己怪怪的嗎？」

我聳聳肩，「從小我就知道自己『夠特別』。」

「嗯，是很特別——特別奇怪。」

哼反正你也不是第一天嫌棄我了，看在你這傢伙是我「短期飯票」的份上，本小姐不跟你一般見識，隨便你愛說什麼說什麼；美食當前，還是填飽肚子最重要。

「欸你都不煮啊？」我把安格斯黑牛一次全扔進麻辣湯裡，過了幾秒後再換到清湯鍋裡。

樊書俊一臉不滿地搖頭，「光是看妳這樣折騰來折騰去，就已經飽了。」

「哼，你不吃我吃。」

「妳知道有種東西叫『卡路里』嗎？」

「樊書俊，」我揚起甜笑，一面把肉夾進碗裡，「你到底是天生的，還是因為姓樊才這麼煩？」是你逼我反擊的！

樊書俊回我以笑容，是那種讓路人不得不回頭多看幾眼的俊俏微笑，「從學生時代開始就只會說這句，妳真是一點長進都沒有。」

可惡，反擊失敗。

哼看我怒吃鴛鴦鍋！

「欸。」

「幹嘛？」你一定要在我努力想把肉全都塞進嘴裡時講話就是了？

樊書俊似笑非笑，「是有這麼餓嗎？大食怪。」

可惡差點嗆到，我費勁把一大口肉嚥下，再喝了口可樂，才開口，「你不要太過分了樊書俊，什麼大食怪，我這是因為工作了一整天所以很餓好嗎。」

「說真的以前妳男朋友那個陳在軒還是李在軒的，天天對著妳一起吃飯，他們都還吃得下啊？不會有種『妳吃就好我看就飽』的 FEEL 嗎？」

「喔唷！是楊在軒啦。而且那都多久以前的事了，人家楊在軒都要結婚了你提他幹嘛，很討厭耶。」

死沒良心的楊在軒，竟然還寄帖子來，寄帖子來就算了，還附張小紙條寫著：

親愛的世妍，好久不見。我知道妳是慶恆泰的四千金，禮金千萬別讓我失望啊，我跟我娘子去歐洲的頭等艙就靠妳了。

署名是：妳的初戀·楊在軒

唉我到底大學時候被什麼蒙了眼，竟然跟這種傢伙談戀愛，也太悲催了。還禮金咧，雖然說是第一個男朋友但在一起根本不到三個月竟然還好意思寄帖子來，楊在軒你真的很欠揍。

樊書俊倒是露出有些驚訝的表情，「妳是說，張在軒要結婚了？」

我沒好氣地糾正：「是楊在軒啦！」

「……那，妳還好吧？」

我眯起眼，含著筷子，「是我看錯了嗎？你那是擔心我的表情嗎？」

樊書俊冷道，「這是禮貌性關心，請不要自作多情。」

好吧其實楊在軒沒那麼討厭，是我不對，真正討人厭的是你啊樊書俊，氣死我了。

「樊書俊，你到底對我有多不滿啊？」

樊書俊側著頭想了想，「也還好，差不多就是普通不滿吧。」

「謝謝你喔！算了看在你請客的份上，本姑娘心胸寬大，不跟你計較。」

「心胸？我看是腰圍吧。」

「樊書俊！」

「來來來，別客氣，多吃點，吃肉肉，長肉肉啊。」這傢伙竟然嬉皮笑臉起來，把一整盒豬五花全部夾起扔進鍋裡。

這時紫菱中午對他的評價瞬間衝上我心頭——

妳們都不覺得，樊副理真的好帥好 MAN 好有男人味嗎？

屁啦（抱歉我失態了），最好是**好帥好 MAN 好有男人味**的傢伙會對氣質青春小 OL（？）說什麼吃肉肉長肉肉這種話啦！

「欸。」樊書俊突然止住笑，冷冷喚我一聲。

「幹嘛啦？」現在人家不想跟你講話啦壞傢伙。

「那，那個王在軒結婚，妳會去嗎？」

奇怪他的姓是有這麼難記嗎？！

「楊、是楊啦！」

「好啦隨便。那妳要去嗎？」

「還沒決定耶。楊在軒那個傢伙，光是歷任前女友搞不好就能坐滿五桌十桌的。」我夾了塊山藥，說道，「你不是也見過他嗎？」

樊書俊從鼻中發出極不屑的哼聲，「……是長得人模人樣的。」

「以姿色論，你樊副理難得有對手呢。啊，我知道了，看你這表情，這就叫『既生瑜，何生亮』，對吧？」

「哼。我跟那種前女友滿貨櫃的花花公子，不一樣。」

「有什麼不一樣？」我故意笑道，「難不成，你是『前男友』滿貨櫃嗎？是的話你就贏囉。」

樊書俊是何等人啊，怎麼可能就這樣認輸，他冷哼一聲，「如果我喜歡的是男生，那麼妳人生第一次告白就是跟個同性戀告白，恭喜啊。」

「吵死了我不要理你了啦。」算了我自從認識樊書俊到現在從來就沒講贏過。「不過，你幹嘛問我要不要去喝喜酒？」

「如果妳要去，我就先把時間空下來，」樊書俊用一種事不關己的口吻說道，「然後躲進深山，免得到了喜酒那天妳為了面子把我拖去假扮妳男友。」

「……」好吧我必須承認在收到帖子的當下我真的有這麼考慮過。

「我就知道。」

「哼，我才不會找你，」我賭氣道，「要也是找工程部的帥哥。」

樊書俊輕輕蹙眉，「工程部？誰啊？」

「那個工程二組的組長，倪君猷啊。」

「妳跟他很熟？」

「其實一點也不熟，」我毫不猶豫地坦然答道，「只是他扶過我幾次。」

「扶妳？」樊書俊還是冷著臉（火鍋都快被你的臉色凍成冰了樊副理），說道，「妳現在是老婆婆過馬路？」

「我只是平衡感『比較』差而已……」

「常摔跤就常摔跤，用不著換句話說。」

「樊書俊！」

最後這頓不知算是晚餐還是宵夜的麻辣鍋以好幾球 Häagen-Dazs 冰淇淋作為完美句點，走出馬辣時我差點不自覺地勾上樊書俊的手臂，後來自我提醒這可不是千金小姐們常去的社交場合，而樊書俊也不是那種上流 Party 裡常見的富二代。

樊書俊似乎注意到我怪異的動作，只是冷冷地瞧了我一眼，「妳幹嘛？」

我假裝伸懶腰，還打了個呵欠，「沒什麼，就是吃飽想睡了。」

「妳豬啊？」

「對啦怎樣。」你是有見過這麼認真工作又努力向上的豬嗎?有嗎？！

「那妳剛剛還吃同類。」樊書俊冷著臉說道。

「……樊書俊！」正要發怒的瞬間我突然想到另一件需要拜託樊書俊的事，於是立刻換上笑臉，「欸，我等下可不可以去你家？一下下就好。」

樊書俊有點訝異，皺眉問道，「去我家？妳去我家幹嘛？」

「因為啊，我這陣子不都用奶奶給我的便宜手機和門號嗎？網路流量一下就爆了，你家有 WiFi 吧？借我上個網吧。」

「……妳現在是要用我家的電腦和網路逛網拍還是上臉書的意思嗎？」樊書俊雙手抱胸冷冷看著我，「還有，妳都不覺得三更半夜對生理健康的異性戀男生提出『去你家好不好』這問題很不妥？」

「……人家才沒有要逛網拍玩臉書啦！」真是討厭鬼欸你，「我是要跟小白視訊啦！那個超吃網路流量的！」

樊書俊一臉不信，「是為了小白？真的？」

「你不相信的話可以在旁邊看啊。人家只是很想小白，想跟小白講講話，看看小白而已嘛。」

「好吧，看在小白的份上……我先說，只准跟小白視訊，不准上網買東西玩遊戲看臉書追韓劇，懂嗎？」

「好啦好啦，小氣鬼。」

你就是要逼我在一天之內發三次誓，回家後絕對不讓奶奶幫你升官加薪對吧？

02

回到公司附近時，樊書俊怕被停車場管理員還是保全什麼的人看到我們走在一起，特別要我在路口的便利商店等他。我在店裡晃來晃去，看著冰櫃裡的瓶裝茶價格突然覺得樣樣都好貴。

喬世妍啊喬世妍，短短五天，妳就從一個餐餐用魚翅漱口的千金小姐變成看著任選兩瓶七九折還覺得太貴的上班族，這樣都還沒精神崩潰也算對得起自己了吧？是不是該傳個話給奶奶，告訴她我已經深深了解這世界是怎麼運作的了（泣）？

上車後，樊書俊看了我幾秒，一面踩下油門，「妳怎麼不帶小白一起出來住？」

「哪可能啊……小白是長毛貓耶，當然住家裡舒服啊，有中央空調又有高級罐頭；跟我出來住，我哪有錢二十四小時開冷氣暖氣給牠？而且空間又小，只能吃便宜乾飼料，多可憐。再說了，小白在家，至少有傭人走來走去陪陪牠；如果跟我住，我現在要上班，白天只有牠一個人看家，這樣一定會很悶很難過的。」

樊書俊大概沒想到我會說這麼一長串，他難得地笑了下，「看不出妳偶爾也是有點良心的。」

「那當然，我跟你不一樣，誰像你，一輩子都不會有良心。」

「既然這樣，那妳下車吧。一個沒良心的人是不會借網路給別人的。」

可惡。「……喔唷你真的很討厭。」

「妳這是求人的態度嗎？」樊書俊冷笑，「這麼想試試看『如何步行走下高架橋』的話，我可以成全妳。」

「……」

完全無話可說了——

你這個人，到底為什麼可以這麼毒舌這麼惡毒啊？！

以前一直覺得樊書俊的家跟我們家的傭人房差不多大，但今天一進門，就覺得這傢伙住的地方根本已經是豪宅，跟我現在住的迷你鞋櫃（誤）相比，樊書俊家簡直就是天堂啊。

「隨便坐。」樊書俊把公事包放下，一面拉開領帶，「冰箱裡有喝的，妳自便吧。」

唉都說從一個男人的態度就可以看得出自己有沒有吸引力，這傢伙看起來根本就沒把我當異性，我那可憐的女性尊嚴啊……超悲哀。

不過算了，現在重點是我們小白啊！

我在雙人座的沙發一端坐下，從包包裡掏出手機，連上樊書俊的WiFi，打開家裡的監視器鏡頭——喔喔喔！我們小白正在舔肚肚上的毛，也未免太可愛了吧哈哈，粉紅色的小舌頭剛好對著鏡頭，尾巴還晃啊晃的，真是隻俊俏的貓。

看著小白舔毛舔了好一會兒，被牠放鬆的樣子影響，我也不自覺地雙肩一鬆，這時強烈的疲倦感瞬間襲來，我斜靠在沙發上，環顧著充滿美式工業風和樊書俊個人品味的空間，腦袋開始放空。

「喂，妳視訊完啦？」

樊書俊不知何時已經換下西裝襯衫，改穿極合身的休閒長褲和V領T，這打扮充分突顯出他偏瘦但線條完美的身材。

真是可口——

不對，我在亂想什麼。

我晃晃腦袋，打了個呵欠，「嗯啊，謝謝你借網路給我。」

「小白怎麼樣？」

「依舊肥嫩肥嫩粉白粉白的，看起來精神不錯，這樣我就放心了。」我從沙發上起身，忍不住又打了個呵欠，「很晚了，那我走囉，今天謝謝你。」

樊書俊抓起車鑰匙和門禁卡，「走吧，我送妳回去。」

「不用了啦，已經十一點多了，送我回去再回來都不知道幾點了。」我揮揮手，「雖然我很愛拗你這個拗你那個，但我不至於這麼過分啦。」

「妳也知道妳很愛拗我。」

「知道啊，因為你有彈性，拗不斷嘛哈哈。」糟了已經開始胡言亂語了我，是有這麼累嗎？

樊書俊還是那張撲克臉，他不由分說地打開大門，「很明顯地，妳已經完全不清醒了，我可不敢放任妳夜歸，到時萬一在路上發生什麼事，被害者多可憐。」

「也是……」不對，什麼叫被害者多可憐，說了半天你不是在擔心我的安危，反而是在擔心路人嗎？！我瞪大眼，「喂！姓樊的，你的意思是說我會去對什麼無辜路人下手嗎？我又不是變態！」

樊書俊揚起俊美無比同時也極不要臉的笑容，輕快地回應我：「這世界上還沒有哪個變態願意承認自己是變態呢。」

說真的我已經厭倦每次跟你的對話最後都是我憤怒大叫你的名字來作結，但我現在已經徹底認命也看清事實了——

「喔唷樊書俊！」

□

「喬小姐，可以麻煩妳把這些郵件送去工程部嗎？要麻煩妳先分好喔。」組長不知從哪裡弄來一輛推車，上面滿載郵件和包裹。

哇工程部的宅宅們是有多愛網拍啊（大誤）？好幾箱上面貼著小心易碎、日本進口關稅條的包裝，讓人不禁懷疑工程部是否在私下經營海外代購。

我從座位上起身，「好的，我馬上去。」

「啊順便把這疊開會通知發給企劃部和海外部。」仙妮組長朝我笑了笑，「麻煩妳囉。」

我推著不鏽鋼色的郵務推車走出辦公室，一面想著這好像是郵務組的業務不過偶爾幫忙一下應該 OK 這類的無聊瑣事，一面走向工程部。

就在經過那六座寬敞電梯前時，我不禁呆了一下。

原因無他，正因眼前電梯門大開，一道久違但仍能認出的身影映入我眼中——

對方看到我，也停下腳步，露出相當訝異的表情。

「世妍？妳怎麼會在這裡？還穿成這樣？！」

——啊糟了，他知道我是誰！不對，應該說，他知道我的真實身分——

我連忙衝上前，拚命用手指比呀比的，「噓噓！」

楊在軒似笑非笑地看著我，低聲問，「微服出巡？」

我忍不住頓足，「你是聽不懂什麼叫『噓』喔？」

「哈。」

「你怎麼會來？」

「代表楊氏重工來拜會你們公司啊。」楊在軒攤開手，「沒看到我這麼西裝筆挺、一派正經。倒是妳，穿著事務員制服幹嘛？」

我小聲說道，「我奶奶派我來上班啦，而且不能讓人發現我的真實身分。」

他跟著小聲回問，「要調查貪污還是回扣案嗎？」

「才不是，最好我是查得到。她只是要我來『看看這世界是怎麼運作』的。」

「姚會長還是這麼幽默……不過，」楊在軒打量我，「沒想到妳還滿適合穿這種制服的嘛。」

「呃，謝謝你喔。」我問，「你是跟哪個部門有約？」

「跟你們工程部的陳經理。」

「好巧，一起走吧，」我指著推車，「我要去送郵件。」

楊在軒露出傻了的表情，「妳送郵件？大學時代連拆吸管紙套都要我幫妳的世妍公主竟然推著這麼重的郵件車在送郵件？奇景啊這是，我可以錄下來回去放給大家看嗎？」

「楊在軒你去死啦。」

嗚嗚我男人運是不是真的很差啊，不是被姓樊的羞辱就是被姓楊的欺負，這要我怎麼活？！

「哈哈，」楊在軒看來不是第一次來我們公司，他朝著工程部邁開腳步，保持著適當距離，問道，「怎樣，最近好嗎？」

我聳聳肩，「除了被奇怪的第一任男友勒索高額禮金之外都不錯。」

楊在軒聞言露出依舊好看但已經屬於別人的笑容，「不用到七位數，六位數我就很感謝了。」

「……別逼我再次叫你去死。」

「妳還真是，一點都沒變。」

「欸，話說，新娘是誰啊？能夠從你身邊的女人堆裡殺出重圍，不容易啊。」

楊在軒笑得更深，「就，之前跟妳說過，高中時喜歡的那個女生。」

我回憶了一下，不禁訝異，「那個、那個跟你高中同班的學藝？真的假的。」

楊在軒點點頭，「嗯，就她。」

「可是你們不是一直都沒在一起嗎？什麼時候突然就……」

「是一直沒在一起，但我也一直都很愛她。」

「……你不覺得對前女友這麼說很失禮嗎？你一直都很愛她，那我算什麼？」我沒好氣地瞪他一眼。

楊在軒大笑（當初就是被這笑容所騙可惡），「其他人不論，我真的喜歡過妳喔——不過喜歡的時間有點短就是了。」

「……你知道嗎，誠實跟白目只有一線之隔。」雖然事隔多年但還是覺得這傢伙非常欠揍。「而且大部分的人都以為自己的『白目』叫做『誠實』。」

雖然楊在軒是大學校草，完全就是夢幻高富帥，但實際談起戀愛時卻發現他跟我之間的互動異常平淡，平淡到我那時不停懷疑，眼前這個跟我有男女朋友之名，還會一起牽手接吻的男孩子，到底是不是真的喜歡我。後來這種平淡感楊在軒自己也察覺了，於是我們很快地迎來超平淡的分手。

楊在軒笑了笑，望向我，給出很溫柔，但不帶男女之情，更趨向友情的笑，「對我來說，妳不像情人，而是像妹妹。很可愛的那種妹妹，讓人想寵著妳順著妳。」

我轉轉眼珠，算是接受他的評價，「別以為這樣說我的禮金就會變大包。」

「哈哈。」

不知不覺已經走到工程部前，我輕咳了一聲，楊在軒也換上了營業表情，點點頭，向我低聲說了句再聯絡。

我看著楊在軒走進工程部的會客區，免不了感到幾分傷感。

倒不是純粹的愛情方面，更多的部分是對於時光的感嘆。

楊在軒比我大幾歲，交往時我大一，他已經研二；仔細回想，我跟楊在軒交往的時間很短，短到分手時甚至連明確的疼痛都沒有，就已經各自走上不同的路。能夠就這樣轉瞬變淡的愛情，到底是安全，抑或只是證明我跟他都無心其中？

不過也因為並不是痛不欲生的分手，或者那種很恩怨糾葛的狀況，使得我們分手後偶爾還會聯絡，想到時問候一下對方。

然後，就這樣過了幾年。

我自己都不知道這算不算很理想的分手。

「嘿。」忽然有人從我背後發出聲音，「是妳。」

「啊，你好。」

倪君猷拿著咖啡，看向我，「難得今天好好站著，沒跌倒呢。」

我不禁臉紅，「別笑我了。」

「怎麼站在門口發呆？」

「喔，沒什麼，」我傻笑，「突然恍神。」

「就是這樣妳才容易跌倒吧。」

「噗，好像是。」

倪君猷笑問，「還不知道妳名字呢。」

「我姓喬，喬世妍。」

「我是倪君猷。」

「我知道，工程部二組組長兼部草。」

他露出意外的表情，隨即大笑，「這句話可以讓我整天都心情很好，謝謝妳。」

嗯看到帥哥笑容我也可以維持好心情一陣子，算是扯平了哈哈。

當然這只能在內心OS，要是真說出來，八成被當花痴。

倪君猷看著沉重的推車，「要我幫忙嗎？」

「不用，這是我的工作。」

我笑了笑，將郵件推車推進工程部，沒想到才跟他們部裡的小助理娜娜打完招呼，就看見透明的會客區隔間裡除工程部的陳經理、工程一組組長、專程來拜訪的楊在軒之外，還有正和楊在軒交換名片的樊書俊。

哇楊在軒對戰（？）樊書俊，這我早就想看看了！從很久很久以前就非常想親眼看看本姑娘生命中兩大男神（人品姑且不論）大對決。

嗯嗯，果然楊在軒還是屬於明亮高雅貴族王子型，而樊書俊那股冷俊孤絕的超MAN殺手海盜風（這是連我自己都覺得很詭異的形容）也完全不遜色。啊啊這兩個人為什麼不是BL？衷心覺得可惜——我絕對不會承認是因為這兩個帥哥都跟我有某種程度上的「錯過」，所以我才乾脆希望他們不愛女生變同志算了。

「嘿，」工程部小助理娜娜順著我眼光看去，小聲說道，「妳也驚呆了吧！原來還有人能跟我們樊副理、倪組長相提並論呢！那個楊氏工業來的代表，真的好帥，對吧？」

「是滿帥的。」我只能乾笑。

一個是我人生第一次告白的對象，不但當場拒絕我還放話說一輩子都不會喜歡我；另一個是我第一任男友，交往時間超短也就算了現在要結婚還跟本姑娘勒索高額禮金——

我是不是該找個時間找個大師算個命、確認一下我人生是不是永遠只有爛桃花啊？有夠悲慘。

我在心裡默默嘆氣的同時也告訴自己，做人還是早點看破的好——我看我這輩子跟帥哥的緣分僅止於孽緣了。

依照組長的要求，我把郵務和開會通知全部送完，算算時間竟然也花了近半小時。要回辦公室時，在工程部門口又碰上了冷著一張臉的樊書俊。

不知道是不是因為在走廊上要裝陌生的緣故，樊書俊的表情比平常更冷更酷更冷酷，他那雙冰刀般的眼睛停在我臉上不到一秒，連頭也沒點一下，就默默轉身往海外發展部走去。

我推著推車，反正早就習慣他那樣子，只是靜靜走在他身後。

結果沒想到在咖啡販賣機前樊書俊突然停下腳步，轉身瞪著我，「剛剛劉在軒有來我們公司開會，妳知道嗎？」

「……你根本是故意的吧。」最好姓楊有這麼難記啦。算了我放棄，看了下四周沒人，於是點點頭，「他一出電梯就碰見我，我們有打招呼。」

樊書俊狐疑地瞧著我，彷彿想從我臉上探得什麼，也像有話想說。過了一會兒，直到附近傳來其他同事說笑的聲音，他才收起那銳利的眼神，淡淡說了句辛苦了轉身離去。

「世妍！」是紫菱和敏晶。

「咦，這麼巧。」

紫菱向我揮揮手上的紙，「欸我們想辦聯誼，妳要不要參加？」

「聯誼？」我想起樊書俊和奶奶交代過的「日常注意事項」，隨即點頭，「嗯好啊。」

敏晶大笑，「妳也答應得太快了吧，至少也先問一下男女比例是多少、跟哪個單位聯誼什麼的再答應嘛。」

「哈，我沒多想耶。」反正我的重點是「混入一般同事生活圈」，男生什麼的根本不是重點。

紫菱湊向我，但眼神卻盯著遠去的樊書俊背影，「欸，剛剛妳是不是跟樊副理在聊天啊？」

我還沒來得及答話，敏晶便搶先道，「樊副理那個人，除了會議或罵人，講話從來不超過三個字，最好是會聊天。」

「不超過三個字？」我問。

紫菱點頭，「對啊，妳沒聽說喔？樊副理的三言應答法：早、了解、辛苦了。」

我是知道他話很少，但沒想到少到這個地步……樊書俊你是有那麼懶得講話嗎？看你平常也還好嘛。

「還有還有，另外三字訣：好、再議、不可能。」敏晶說道，「聽說他都這樣簽電子公文的。」

我笑了出來，連忙說道，「……所以說嘛，我哪可能跟他聊天。反正、聯誼就算我一份——不過，應該不會去很貴的餐廳吧？我要擠出預算來才行。」

嗚嗚我真的好後悔以前一雙雙幾萬幾萬的鞋買個不停，要是把錢留下來現在用多好，正所謂「錢到用時方恨少，債非還過不知難」嗚嗚嗚……

「對了，這次我們計劃也要邀工程部一起喔。」紫菱萬般期待地說道，「自從世妍妳上次提過工程部部草之後，我就已經偷偷來看過，真的很俊俏耶。雖然跟樊副理不同類型，可是那個倪君猷也很可口，真是讓人很難選啊。」

倪君猷，絕對是倪君猷比較好，至少人品強過姓樊的三百倍。

敏晶聞言翻翻白眼，「又沒人讓妳選。」

「哎唷別這樣嘛，哈哈。」紫菱咯咯地笑起來，說道，「到時候我要坐樊副理旁邊好呢，還是坐倪組長旁邊好？啊啊真的好難選喔——世妍妳呢？」

我不假思索，「誰願意幫我付錢我就坐誰的大腿上。」

「喬世妍妳好樣的。」敏晶大笑，用力拍了下我的背。

「我是認真的啦……不過，紫菱妳幹嘛那麼糾結，樊、樊副理有要去聯誼嗎？」

那傢伙站出去就有大把女人（以及某些男人）主動貼過來了，還需要去聯誼？！再說，以姓樊的姿色，他去了之後其他男生根本就沒希望了吧，我要是其他男生，死也不會跟他一起參加聯誼；就像大學時絕對不要跟班花一起去跟學伴見面是一樣的道理。

「嗯他會去喔。早上我們有去問，他說如果我們人力行政課都會去，那他就去。」

「他幹嘛，想點名喔？」樊書俊你根本是瘋子吧。我問：「那如果人力行政課有人沒到呢？」

「那他就不去吧。」紫菱雙眼一亮，「欸欸欸，世妍一問我才覺得不對勁，樊副理這說法太奇怪了，難不成，他是為了我們人力行政課的某個人才願意去的嗎？」

嗯，我想也是。

一定是為了我——

之所以這麼說並不是因為我自戀，想也知道這傢伙八成是打算偷拍我喝醉發酒瘋的樣子傳給奶奶、證明他有好好的監視我吧。樊書俊你這個叛徒、大壞蛋。

敏晶聳聳肩，「那才不是重點，重點是他會去，這才最重要。而且呢，我不要坐在他旁邊——我要坐他對面。」

「哇，妳心機好重！」紫菱頓足，「竟然沒想到，可惡！」

相信我，坐在樊書俊對面吃飯一點都不會比較開心，前兩天他光靠臉色就能讓火鍋結凍，根本就是神等級的冰雪奇葩。唉，實在很想把樊書俊的真面目告訴大家，但是又不能講，痛苦啊。

□

雖然不是從來沒參加過聯誼，但這畢竟是就職（？）後的第一次。

為了更加融入奶奶口中的「現實生活」，即使現在根本對談戀愛一點興趣也沒有，但我還是相當認真地做好準備工作——找出了以目前薪水水準來說相對不錯的衣飾，選了雙便宜但遠看可能算得上高雅的鞋，仔細地化了妝，免得大家覺得我根本無心釣男人。

聯誼的地點是紫菱和敏晶選中的一家韓式料理店，裝潢得相當時尚，主打韓式烤肉和調酒，昏暗且充滿設計感的燈光讓包廂裡的大家看起來都充滿了某種時髦又都會的流行氣息。

這次聯誼的座位由抽籤決定，男生女生不同籤筒，好讓大家抽完籤後還是能一男一女交錯而坐，紫菱真是花了不少心思。而我的運氣出乎意料的好，右手邊是個看起來斯文乾淨的眼鏡男，似乎是海外發展部的，左手邊則是倪君猷；至於那個總是讓我沒食慾的樊書俊還真的有出席，不過好險他坐在斜對面，夾在以臻和工程部的娜娜中間，沒跟我面對面傷害我的食慾。

「我們也太有緣了吧。」倪君猷在傳菜單給我時笑道。

「我以為你不會參加這種活動呢。」我說。

倪君猷笑了笑，「說聯誼太有目的性，就當成多跟大家交流認識，沒什麼不好的。」

「這麼說也是。」

「那妳呢？」

「我？」

「很認真想捕獲好男人嗎？」

「最好是吃一頓飯就知道誰是好男人。」我笑著。

紫菱、敏晶和男生方面的主辦人很快就替大家炒熱氣氛，倪君猷和樊書俊果然在一票男生之中格外出眾，不少女生都對他倆眼冒愛心。雖然不想承認，但樊書俊那不苟言笑的表情，真的相當有男人味，再度證明我當年果然是被他外貌所騙，唉我實在是太傻太天真。

「欸欸韓式烤肉要包生菜吃喔！」敏晶突然叫道，「現在，請每位女生替妳左手邊的男生包一份生菜五花，然後餵他吃～」

「怎麼這樣！好害羞～」

「主辦妳好壞～」

女生們的呼叫此起彼落，不過男生們倒是紛紛拍手叫好。

反正出來玩，我並沒多想，拿起不算太大片的生菜，仔細地包上了沾醬的豬五花、蒜片和一點泡菜，拍拍倪君猷的肩膀，請他轉向我。

倪君猷不好意思地笑笑，「我自己來就可以了。」

「沒關係啦，我不會因為餵你一次就逼你要跟我交往的。」我故意說笑，配合氣氛做出誇張的動作，「來，자기야（親愛的），嘴巴張大，啊——」

倪君猷笑了開，相當配合地張開吞下生菜包肉，「고맙습니다（謝謝）！」

「哇哇哇真是太棒的示範了！」男方主辦拍手叫好，「來來來，可別輸給這兩位啊！」

然而就在一片男生歡樂女生嬌羞（誤）的氣氛中，樊書俊在接受以臻包來的生菜烤肉同時，以極冰冷的目光緩緩掃過我的臉。

我馬上反瞪回去，用目光表示你又不是我什麼人幹嘛一副「妳現在是活得不耐煩了嗎」的表情——好吧我想我的目光力量有限，這麼複雜的意思可能傳遞得不夠完全，因為樊書俊絲毫沒有動搖，還是企圖用眼神凍死我。

「接下來，當然要禮尚往來啦！」這次換男方主辦跳出來大喊，「請在座男士，替剛剛餵你吃肉的美女們也包一份肉送上吧！」

倪君猷向我微笑，我欣然接受，說道，「請給我烤香一點的。」

這時，平常一向十分低調沉穩的以臻大概也終於有了玩心，主動拍了拍樊書俊，淺笑，以大家都聽得到的音量說道，「請好好招待我，副理。」

樊書俊閃過一絲尷尬，不知為何又瞪我一眼（又關我什麼事了），沉著臉開始夾取五花肉，既沒拿醬也沒加小菜，勉強用生菜包成一團，以模糊又低啞的語調說道，「請用。」

以臻還是極優雅的淺笑，開心地被樊書俊餵食。

「哇！我們樊副理超棒啊！」

「好好喔～」

紫菱跟敏晶和其他一票女生不禁同時歡呼起來。

「換妳囉，」倪君猷小心翼翼地舉起烤肉，「妳剛剛是說자기야，沒錯吧？」

「嗯。」我點點頭。

「那，여보（老婆）～啊～」

倪君猷果然是韓系代表啊，連說韓文都帥呢。

好吧被帥哥餵食果然會讓人心情變好啊，哈哈。

那我就欣然接受吧。

聯誼完，紫菱敏晶和其他幾個女生和兩三個男生要去續攤，我雖然還不算很累，但實在沒錢再跟著去，而且後半場喝了不少調酒，還是早點回家比較好。想了想我趁大家沒注意時湊到樊書俊身邊，低聲問道：

「我可以去你家借網路嗎？」

樊書俊瞬間冷瞧了我一眼，「又要幹嘛？」

「跟小白視訊。」以我現在的財力最好是有錢逛網拍啦。

「——去前面市民大道那個路口等我。」

「耶，感謝。」我小聲說道。

樊書俊還是一臉不悅像我欠了他幾百萬似的，在大家注意到我們談話之前，很快地移動腳步，隨意地揮了揮手離去。

這時，倪君猷走向我，「妳住哪？」

「就住公司附近、吳興街那裡。」

「嗯，還算順路，不然我載妳？」

「啊啊，不用了。怎麼好意思？」

「可是妳臉很紅，有點醉了吧。」

雖然逐漸感到酒精開始作用，但我還是揮揮手，「真的不用啦。」

倪君猷笑著，「真的不用嗎？我難得開車喔。」

「你是開瑪——」我連忙捂住自己的嘴，不對，跟倪君猷談什麼瑪莎拉蒂，這也太奇怪了，不行，要談就談平民一點的才符合我現在的身分啊！

「馬——馬自達嗎？」

「咦，妳怎麼知道？」

「猜的。」

真的，你相信我，因為M開頭的車除了瑪莎拉蒂、梅賽德斯之外我能想到的也只有馬自達了——雖然瑪莎拉蒂一輛八百，馬自達大概只要八十，相差一個零。

「嘿，世妍我們先走囉。」以臻走近我，微笑著向我揮手，「我跟娜娜一起去搭捷運。」

「倪組長，你不送我們一程嗎？」喝調酒喝到滿身酒味的娜娜突然衝上前，差點要趴在倪君猷身上。

「不用啦我們自己回去就可以了。」沒等倪君猷回答，以臻攔腰扶住娜娜，還是那派輕靈柔美的樣子，她向我和倪君猷淺淺一笑，「那我們先走囉。」

倪君猷退了一步，目光飄到以臻臉上，隨即移開，禮貌地點點頭，「妳們路上小心。」

「欸欸！劉以臻，那我陪妳們走到捷運站吧！」

「我今天有開車，直接送妳們回去就好。」

很快就有其他男生衝上來搶著護花。

人漂亮真好，除了倪君猷，都沒人問我住哪要怎麼回去，真是悲催。

「欸那我也先走囉，今天玩得很開心，再見。」我向倪君猷和其他人揮揮手，抓著皮包肩帶，趁著還沒開始頭昏前邁步離去。

「一個人要注意安全。」倪君猷叮囑。

「知道，謝謝，晚安囉。」

□

走到路口時，看見樊書俊的車已經停在一旁。這人動作還真快。

我加快腳步衝上車，但因為多少有點微醺而頭重腳輕，打開車門後差點是用摔的摔進車裡。唉我的平衡感真的沒藥醫了。

「很HIGH嘛。」

「好說好說。」

樊書俊寒著臉，一面發動車，一面冷道，「——妳跟工程部的倪君猷感情很好嘛。」

「並沒有。」我扣上安全帶，揉揉太陽穴，「不會吧，現在才開始覺得頭有點暈。」

「把長島冰茶當水喝，不頭暈才奇怪。」樊書俊冷道，「妳都不擔心哪天被撿屍嗎？」

「不擔心……你自己說的啊，我又不是美女，安全得很。」

「妳也會記仇啊。」

「當然會。」我極無形象地打了個嗝，發覺嘴裡盡是蒜味醬味肉味和酒味，自己聞了都想吐。

樊書俊空出手抽了張面紙丟給我，一臉擔心我會吐在他車上的樣子。「再怎麼說也是慶恆泰的千金，如果不想哪天登上什麼娛樂周刊拜託妳節制點。」

「你好囉嗦。」我感覺酒精的力道愈來愈強，於是踢掉鞋子，盡可能讓自己舒服點，一手揉著額頭，「欸你什麼時候變得這麼囉嗦了？人家都說你靠三字訣行走江湖，其實根本都假象嘛。」

「少給我發酒瘋。」還是冰得要死這個人。

仗著酒意，我胡鬧說道，「樊書俊你真的很討人厭！」

「信不信我踢妳下車？」

「你就會欺負我。」

「給我滾下車。」樊書俊說到做到，馬上方向盤一轉在路邊停下。

「樊書俊你這樣不行知道嗎，你不能因為我喜歡你就這樣每次都兇巴巴的，」說著說著突然想哭了，然後頭愈來愈發脹，「……你真的很壞心耶。」

「下去。」

「下去就下去，以後你求我我也不坐了啦。」

我花了快一分鐘、差點弄斷指甲，才解開安全帶，接著幾乎是用滾的滾下車。不知道為什麼就是覺得委屈覺得累，超想哭的。

我掙扎著站穩，隨便找了個方向就開始邊哭邊走。嗚嗚喝太多酒了，不該喝那麼多的，現在頭痛得都快炸掉了……都是奶奶不好，幹嘛沒事讓我來當什麼上班族啊……我好想小白……這幾天有沒有人幫你梳毛啊小白不梳毛會打結的啊小白……嗚嗚嗚……樊書俊你去死……如果不是因為想早點忘記你，我才不會跟楊在軒交往，搞到現在還要存錢包紅包……死楊在軒，當著前女友的面說愛那個女生很久了是怎樣，你以為我就很喜歡你嗎……你們都是壞人啦可惡！

我用手背抹去眼淚和睫毛膏的混合體，然後突然發現自己竟然兩手空空——好吧，是四肢都空空——皮包跟鞋子，我的皮包跟鞋子咧？

氣死我了樊書俊！你為什麼不順便把皮包鞋子丟下車啊？！

我恨你、恨死你啦！

03

說真的，從大學畢業之後就再也沒宿醉過。

不知道是不是體力大不如前（天哪我明明還不到二十五歲），頭昏得比以前更嚴重，全身痠痛到連動一動小指都想哭，再加上樊書俊的床硬到不行，真的是讓人生不如死。

等一下！

我猛然睜開眼，我剛剛的抱怨好像不太對啊！

這天花板——

這枕頭——

這床——

「樊書俊！」過於激動的我瞬間起身，結果腰椎立刻發出像被折斷般的清脆啪啪聲。

「幹嘛。」樊書俊坐在他那張雙人小沙發上，好整以暇地張著報紙擋著臉。

「我為什麼會在你家？！」

「因為有個白痴喝醉了在路上發酒瘋，為了不妨礙周邊住戶安寧、不增加辛苦的警察先生工作量，我只好勉為其難帶那個白痴回家。」說完，他放下報紙，臉色奇差，「包包鞋子都不帶就下車，妳有沒有長腦啊？」

「什麼？我完全不記得了……」

可惡，現在頭好痛，一整個不清醒，昨天晚上到底發生什麼事了？！怎麼我一點印象都沒有？！到目前為止，我最後的記憶是一個人光著腳走在莫名其妙的路上，一邊哭一邊怨恨樊書俊（好吧其實是一干人等）。

不過，我印象中我抱怨著包包鞋子下落不明，走啊走的，其他好像也就沒什麼了。到底為什麼會完全記憶中斷呢？

還有，樊書俊這傢伙幹嘛沒事把我撿回他家？

好人應該做到底，送我去高級飯店的總統套房才對吧？！

不對——

「欸！樊書俊，是你叫我下車的耶！」我猛然想起，忍不住叫道，「都是你啦。」

樊書俊冷冷看了眼錶，「起來，我送妳回家。」

「不要。」我承認我完全是大小姐脾氣發作，超乾脆地往床上一躺，「我不回家，我也不去上班。」

樊書俊從沙發上起身走向我，「起來。」

「我宿醉了，不能上班。」

「要睡滾回妳家睡。」

「不要，雖然你的床硬了點，但你家還是比我住的迷你鞋櫃舒服，我才不走。」

「喬世妍，妳是要自己起來，還是我動手？」

「你不要以為打架我一定輸。」女生打架會抓頭髮（雖然我從來沒試過）的喔！

「我再說一次，起來。」

「我也再說一次——我、不、起、來！」

好吧我其實只是想亂發脾氣鬧一鬧，最後還是會乖乖起床回去梳洗準備上班，只不過現在就是想要賴——

「哇！！！樊書俊你幹什麼？！」雖然對鄰居相當不好意思，但我還是忍不住尖叫兼掙扎，「放我下來！」

「好好說的時候妳不聽，現在給我閉嘴。」

可惡，現在的我只能拚命敲打他的背，「放我下來你這暴力男！我當初真是瞎了眼才會喜歡你！」

「——妳要不要乖乖上班？」

「先放我下來啦！我這樣頭下腳上會吐的！」何況現在你的肩膀還頂著我的胃！你是沒看過宿醉的女生反胃嗎？！

樊書俊哼了聲，把我放回床上，瞪著我，「妳敢弄髒我的床試試看。」

「樊書俊！」

這絕對是我這輩子第一次打架。

站在床上的我撲上前抓住樊書俊的領帶，使盡全身力氣把他拖倒，樊書俊大概被我嚇到了，一時間來不及反抗就這樣跟我一起滾倒在床。趁他還搞不清楚狀況時我霍地翻身騎在他胸口，完全不顧形象，像騎馬似地揪緊他的領帶，居高臨下。

「——妳，」令人意外的是樊書俊並沒掙扎，反而以異常冷靜的神情看著我，「現在是怎樣？」

「什、什麼怎樣？」好吧我得承認現在頭更痛而且還很喘，「你、你你竟然小看我……」

樊書俊瞇起眼，「這樣很好玩？」

「其實不好玩……」但我揪緊他的領帶，一手按著他胸膛，「可是，你剛剛突然把我扛起來，我怎麼可以不報仇？」

「那現在妳騎在我身上，是不是我也該報仇一下？」語畢，樊書俊冷不防捉住我的手把我往枕頭方向一摔，同時翻身壓制住我——

他的鼻尖碰著我的，這人比想像中還重啊可惡。

「妳知不知道一個黃花大閨女跟個生理健全的異性戀男人一早在床上這樣滾很不妥？」樊書俊低低地說，熾熱呼吸直直噴向我的臉。

我瞬間臉紅，奮力推開他，「——色狼！」

「硬把我拉到床上的好像是妳耶——」樊書俊邪魅一笑，那笑容讓我瞬間有種他要開始寬衣的錯覺，但事實上他隨即瞬間收起笑，從我身上起來，「好了別玩了，起床吧妳，都已經早上了還發酒瘋，真是沒藥救了。」

對著鏡子我覺得自己根本慘不忍睹。

快快地沐浴梳洗又快快地吹乾頭髮，妝已經放棄，等到公司再化吧。

一想到等下可能得花錢坐計程車才能避免遲到，我就覺得自己蠢得無以復加。

再說了，我到底在跟樊書俊鬧什麼彆扭。

其實他大可不必管我，放任我自生自滅，或把我丟上計程車就算了——我到底在幹嘛，早上還在那邊耍任性，鬼吼什麼我當初真是瞎了眼才會喜歡你這種瘋話——好吧，樊書俊，我可以理解為什麼你說你這輩子都不會喜歡我了，現在我自己都覺得自己很討人厭。

梳洗完顧不得頭髮還沒全乾也沒造型，我隨便綁了個馬尾就衝下樓打算攔車，但一出門就看到樊書俊的車還在原地。

嗚嗚樊書俊是我不對，沒想到你這次這麼有良心，我以後保證不抓你領帶了嗚嗚。

「嘿……」我拉開車門，跳上副駕駛座，不好意思地說道，「謝謝你等我。」

「誰說我等妳了。」樊書俊冷道，「我只是剛好坐在這回訊息，回得久了點——我可沒說妳能上車。」

「好啦好啦別這樣嘛，快點開車吧，再這樣下去我們都會遲到。」

樊書俊冷冷地瞧了我一眼，調了調領帶，「也不想想是誰造成的。」

「我已經知錯了大人……」

「就算叫『大王』也沒有用。」

「呃。」

我的天哪你真的很冷。

那叫大神還是大仙就可以？

不過我不會蠢到在此時此刻脫口而出的，免得又被轟下車。

□

把睫毛膏和眉筆收進包包裡，我對著鏡子嘆了口氣。

好在我本來就不是濃妝類型，畫個眉和刷個睫毛膏就可以了事，不然還不知道得在這裡耗多久。我重新綁好馬尾後洗了洗手，正要離開時以臻從隔間中走出來，笑著向我打招呼。

「早安。」

「以臻早。」

「昨天還滿好玩的，對吧？」以臻打開水龍頭沖手，一面問道，「妳沒跟敏晶她們續攤嗎？」

「沒耶，後半場調酒喝太多，就早早回家睡覺了。」只是所謂的回家，是「被撿回別人家」……嗚嗚我竟然變成一個說謊的人，喬世妍妳墮落了。

「對了，」以臻洗完手後跟我一起走出洗手間，她問道，「世妍妳跟海外發展部的樊副理是不是以前就認識啊？」

呃呃呃！

「妳、妳怎麼會突然——這麼問？」我嚇了一跳。

以臻笑著，一手把髮絲勾到耳後，「昨天我不是坐在樊副理旁邊嗎？我覺得他一直在看妳。」

「我、我跟樊副理哪可能認識……」我靈機一動，說道，「不過他對我有些不滿就是了。」

「不滿？」

「最近常常送文件和簽呈去海外發展部，然後有好幾次我都出錯，樊副理大概覺得我工作能力很差吧……可能對我的壞印象特別深刻。」我每次去真的都會不小心弄翻文件，害樊書俊替我收拾善後，這應該不算謊話吧。

以臻露出「原來如此」的表情點點頭，「娜娜還偷偷問我，樊副理跟妳是不是很熟呢。」

「啊哈哈哈怎麼可能。」心虛，好心虛。

經過販賣機前以臻停下來買了瓶礦泉水，在投幣時，她忽然主動說道，「但是妳跟工程部的倪君猷應該真的比較熟了吧？」

我想了想，「也還好……硬要說的話，在聯誼前，工程部裡我也只認識娜娜跟他，不過我覺得還不到很熟的地步。」

以臻淺笑，「倪君猷跟樊副理，世妍比較喜歡誰呢？」

當然是倪君猷！溫柔可愛多了。

不過這麼瞬間回答也很奇怪，於是我頓了幾秒才答道，「只要是帥哥我都喜歡，但是，我想樊副理對我的壞印象大概永遠都消不了吧。」人家可是直接嗆明一輩子都不會喜歡我呢，慘吧。

「是嗎。」以臻轉轉水亮水亮的大眼，指尖輕敲著下巴，緩緩說道，「樊副理一臉尷尬的時候很可愛呢。」

「可愛？！」

抱歉我知道我不該激動，但是我真是這麼多年來第一次聽到有人用「可愛」這個詞形容樊書俊，真是嚇傻了我。

「妳不覺得嗎？」

「他一直都很撲克臉……」高冷毒舌王無誤！

「就是因為這樣，所以一旦害羞尷尬，就很有反差萌呢。」

以臻不可以啊！妳不能被樊書俊的外表所騙啊！

樊書俊這個人，這一生，最欠缺的就是「可愛」啊啊啊啊！

當然，像我這麼謹慎鎮定（大誤）的青春氣質小 OL 是不會把這種激動心情表現出來的，只是輕輕微笑不語以表現出「雖然我不同意但我百分百尊重妳的幻想，不，言論自由」如此正向的態度。

回到辦公室時仙妮組長正以嚴肅的表情等著我和以臻——

「妳們倆跑哪去啦?!今天臨時有重要會議需要支援，我們全組要到三十八樓的大會議室待命！」

「是，組長！」

人力行政課就是這麼一回事，雖然底下分了三個小組，但實際上所做的事相差不多，都是在行政事務上機動支援各部門，或者處理一些行政雜務（好比像上次分送郵件這種）。

因為公司裡的每個部門都只有一個行政助理，實在忙不過來就會讓我們去協助支援，聽說這樣精算起來比每個部門各放兩三個助理但大部分時間一起很閒來得更有效率，也能降低人事成本。當然，在我被奶奶派來假扮上班族之前，對這些事完全沒有概念。

我跟以臻、紫菱拿著抹布把本來就已經十分乾淨的長型會議桌再擦一次，敏晶在茶水間裡準備咖啡和水，等到基本的佈置完成後，我們還設好了投影機和麥克風，仙妮組長最後分配紫菱和以臻負責在場內支援，我和敏晶在會議室門口待命。

「看樣子一定是有什麼重要高層來開會。」敏晶小聲說道，「妳大概還不知道，這會議室有個小外號，叫做圓桌空間。」

「……那張桌子明明就是長方形的。」

「我就知道妳會這麼說，哈。圓桌空間的意思是，只有最重要的會議才會在這裡舉行，是傳說中的本公司的聖地喔。」

「那邊不是還有更大的綜合會議室和簡報中心嗎？為什麼這間不大不小的會議室反而這麼重要？」這我倒是挺好奇的。

「這邊總共十七個座位，就是我們會長加上所有理事的總人數，只要在這裡舉行會議，通常都是跟公司有關的重大決策喔。」

「敏晶妳懂好多。」看來我好像一直都不夠關心公司。

敏晶不改她那麻辣性格，只答了一句，「那是因為妳不夠八卦。」

「呃。妳是說妳自己很八卦的意思嗎？」

敏晶眨眨眼，「在職場上打滾，基本的八卦技能還是必要的。」

「但是太八卦會被討厭吧。」

「所以啊，有基本程度就好。其他事，如果知道太多——」敏晶做了個貓爪手勢，「可是會受傷的喔。」

敏晶的話聲剛落，電梯就發出清脆的叮聲，我們連忙掛上名牌，挺直身體站好。電梯門開啟後，慶恆泰集團的會長，被全公司私下稱為「則天女皇」的奶奶穿著她偏愛的水藍色套裝，個子不高但打扮得跟伊莉莎白二世一樣，還學人家戴頂小圓帽的她以極有威嚴的步伐走了出來。

看都沒看我一眼，好險。

不然我八成會笑出來。

倒是陪在奶奶身後的兩位伯父和大哥不禁瞄了我一眼，其中二伯父差點沒呆住——接著另一部電梯也開了門，是兩位伯母和幾名公司幹部。好在我的親戚們反應都算快，沒人笨到停下腳步熱情相認大喊出**哎唷這不是世妍嗎怎**

麼會穿著制服掛著名牌在這裡呢這種蠢話。

就在奶奶跟我距離愈來愈近時，敏晶輕推了我一下，我才意識到應該鞠躬歡迎。唉真是太沒自覺了我。

之後又有兩三位公司高層進了會議室，最後我和敏晶要關上會議室大門時，彷彿聽到奶奶不悅的聲音——梅副總人到哪去啦？他不知道今天要開會嗎？

三哥這個笨蛋。竟然敢遲到，真是不想活了。

才在心裡嘟囔，就見到三哥一派雲淡風輕地走出電梯，這是我開始工作以來第一次在公司見到他，不過，據聞他本來就三天兩頭不上班，完全是蹺班王。

三哥一出電梯就盯著我，他走近我和敏晶時突然像想起什麼似的，對敏晶說道，「我把文件忘在辦公室了，麻煩妳跑一趟，替我拿過來。」

「是，副總。」

敏晶動作飛快地衝向電梯，三哥瞄了眼她的背影，等敏晶搭上電梯後，看看四下無人，開口道，「——妳比我想像中適合制服嘛。」

「白痴欸你。奶奶在生氣了，你快進去。」

「沒關係，反正前十分鐘都是在公司願景開場白，聽得我耳朵都長繭了。

妳，適應得怎麼樣？」

「還好，幸好有樊書俊罩我。」三哥跟樊書俊是同學，交情一直很好。

「那這樣根本就有靠山，失去了獨立生活的意義，我等等跟書俊說，叫他以後別理妳。」

「喔唷！你很壞心耶。如果連他都不理我，我會活不下去的。」既不能跟我們小白視訊也沒有免費晚飯可以騙，你是要我自我了斷是吧？

「呵。奶奶有沒有說妳要在公司混到什麼時候？該不會要妳待個一年半載吧？」

我聳聳肩，「她沒說。」

「那妳認祖歸宗的事考慮得怎麼樣了？妳要是之前早點改回姓梅，奶奶說不定怕被大家發現，就不會叫妳來上班了。」

「跟我媽姓喬很好啊，不姓梅也不會怎樣。再說梅家人已經夠多了。前陣子不是發現二伯父還有個女兒流落在外？梅家人口還嫌少嗎？」

「妳不姓梅怎麼能代表我們集團去跟人家聯姻？我媽已經幫妳物色好了，永業集團的四公子，等奶奶放人之後就安排見面，趕快結婚。」

「什麼鬼啊？」永業集團可是有名的夜店豬頭家族，裡面的男生個個都是夜店常客，每個星期的數字週刊都有他們帶女明星回家的照片，別以為我沒聽說。

「我們跟永業集團還有日本三井住友銀行有合作案，要嘛嫁給永業少東要嘛嫁去日本三井住友，妳隨便挑一個好啦。」

我撐著額頭，「去去去，你別煩我，我才不要。好啦你不怕被人家發現喔，快進去開會啦。」

「誰教妳對哥哥這樣沒大沒小的，小心我叫書俊惡整妳。」

「你以為他平常整我整得算少嗎——」我的話聲陡地打住，因為有人從裡面打開了會議室大門，是以臻。

「梅副總！您來了，會長正要我去找您呢。」以臻連忙深深一禮。

「喔嗯，好。」三哥調了調領帶，換上嚴肅表情走進會議室中。

三哥和以臻進入會議室後，大廳就剩我一個人，我低頭調正了胸前的名牌，看著玻璃窗反映的自己，實在不覺得認祖歸宗回梅家有什麼必要性。

我老媽，是所謂的二房，或者現在流行說的小三。

老媽家家境滿不錯的，所以熱愛藝術性格浪漫的她，大學時代到了義大利留學，到底學了些什麼其實我不清楚，只知道她才去義大利沒多久就在羅馬認識了比她大了十幾歲，完全就已經是成熟大叔的老爸。

「完全就是奧黛麗．赫本跟葛雷哥萊．畢克的《羅馬假期》啊！」

老媽以前偶爾會這麼說，臉上還帶著幸福洋溢的表情。

當然，我小時候根本不知道那部比我老上幾十歲的電影到底是什麼。

總之，老爸那時代表慶恆泰集團駐點義大利，之後轉往法國，也帶著老媽同去。當時老爸跟元配已經結婚多年，也生了我三個哥哥，於是我老媽在巴黎生下我之後就帶著我不告而別。

老爸呢，很快就找派人找到了後來躲去托斯卡尼哀悼自己成了未婚媽媽和小三的我老媽，把我們母女接回巴黎一起生活——仔細想想，他們之間是一段實在不怎麼樣的愛情故事，根本就和《羅馬假期》的唯美浪漫不一樣！

總之，老爸既沒有為了愛不顧一切，老媽也沒有強迫他做出選擇。

「因為人生並不是只有愛或不愛那麼簡單。我們都沒辦法假裝過去不存在，也沒辦法假裝互不相愛。」老爸如是說。

在我小學前老爸英年早逝，之後老媽帶著我回台灣的外公外婆家，有段時間沒再跟梅家聯絡，畢竟她在認識老爸前也是個千金小姐，家裡不愁吃穿。直到外公外婆家出事，揹上高額債務，她實在經濟有困難，才帶著我回到梅家。

可能是因為老爸走得早，所以他的元配和孩子們並沒有非常排斥我，至少在我的感覺上，哥哥們對我還是很好的。

回到梅家一年後，老媽也走了，突如其來的胃癌，發現時已經是末期；那年，我十三歲。

仔細想想，那時奶奶大概是因為怕我改姓後在學校遇到什麼麻煩，就沒去處理，等我成年後，奶奶才提起改姓的事，可是我不覺得有什麼必要。不管我是喬世妍還是梅世妍都一樣，也不會因為改了姓就變得跟哥哥們一樣聰明能幹，更加不會改變我們同父異母這個事實。

想到這裡，我有些發怔，也有些茫然。

剛剛三哥說的「妳不姓梅怎麼能代表我們集團去跟人家聯姻？」這句話，後座力現在才開始出現。我得去跟莫名其妙、素不相識的人結婚嗎？就因為我是慶恆泰的千金小姐？就得為了什麼家族企業聽從別人的安排過一輩子？

才不要。

又不是什麼豆瓣魚的小說，隨便長輩弄個婚約就可以遇見有車有房父母雙亡的帥氣律師未婚夫——拜託我雖然好騙但也沒那麼傻（並沒有比較好）。

反正那個什麼永業集團應該不至於想娶個二房的女兒，又不是嫡系公主，在集團裡根本沒什麼實質影響力，連八卦週刊都不知道有我這號人物的存在。

所以，我想應該不會真的談成吧，應該啦。

□

後來會議到一半，以臻和紫菱就被請出會議室，看樣子奶奶那超嚴重的「保密防諜」個性還是一如往常。比較令我訝異的是，會議結束後，三哥在走經我身邊時故意假裝絆了一下，藉機塞了張紙條到我手中。

藉著去洗手間的機會我打開紙條，上面只寫著短短兩行字：

調妳去工程部臥底，有任何小事都要報告。

看完銷毀。

小事？應該報告大事才對吧？難不成我連娜娜還是工程部經理一天喝幾杯咖啡、午餐吃什麼菜色都要報告嗎？算了我們梅家三公子的邏輯一向很詭異，還是找機會問清楚吧。不過，這樣一來，我的工作豈不是變得格外刺激了嗎？好像愈來愈好玩了呢。

我把紙條撕碎，扔進馬桶沖走，決定要好好替三哥進行帥氣的暗行御史任務（好吧其實我可能真是想太多）。

不過，就在走出洗手間時，我突然想到了那天碰到楊在軒時，他跟我的對話。

——我奶奶派我來上班啦，而且不能讓人發現我的真實身分。

——要調查貪污還是回扣案嗎？

咦咦咦，難道真的是這樣嗎？真被楊在軒說中了？

嗯、商場果然是很可怕的地方（一點都不長進的覺悟）。

□

海外發展部的人是怎樣，為什麼今天一直都在加班啦？！

平常天天都去應酬，今天怎麼就這麼乖，有一半都坐在辦公室裡？！

害我一直不能光明正大跑去找樊書俊商量，結果我根本只能等到九點半加班時間結束，到停車場去埋伏了。

只不過，這埋伏一點都算不上成功。

因為，在又悶又暗的停車場裡等著樊書俊冷著臉出現時——對沒錯他就連下班開車回家都是那張凍死人不償命的冰山臉——竟然看到了傍晚明明就已準時下班離開公司的以臻！

而且不知為何，她在樊書俊的車位附近徘徊，彷彿在確認樊書俊那輛奧迪的車牌號碼。更奇怪的是，當她發現樊書俊走出電梯時，她立刻閃身進黑暗之中。一直站在角落的我，忍不住好奇地偷偷靠近樊書俊的車位，找了個柱子後躲起來。

走出電梯的樊書俊提著公事包快步走向他的奧迪，按下了電子鎖，就在他伸手要拉開車門時，以臻突然從陰影處走了出來，並且發出了一聲驚呼——

「哎唷！」

樊書俊聞聲當然轉頭，以臻像被什麼東西突然咬到還是打中還是什麼的（隨便啦），在原地彎下腰喊痛。

「劉小姐？怎麼了？」

「突、突然……好難過，胃好痛……」以臻的聲音有點模糊，我很努力忍住探頭出去聽清楚的衝動。

「是嗎。」樊書俊這個傢伙，第一反應是皺起眉，好像碰到了什麼麻煩似的。

「不好意思……可不可以，請你送我到醫院……我現在真的很不舒服……」以臻抬起頭，淚眼汪汪的。

過了好一會兒，樊書俊才很勉強地點頭，「——上車吧。」

他還是那副無血無淚的樣子，也不走過去扶人家一把，就這樣拉開車門自己上了車。

不過，我不確定自己是不是眼花了——

因為以臻在樊書俊關上車門後，竟然臉上浮現一絲極淡的笑容。

剛剛不是還痛得就要哭了嗎？現在這笑是怎麼一回事？

是我眼花了嗎？

那笑容幾乎轉瞬消失，她再度緊緊皺眉，十分痛苦地上車。

看來今天沒辦法跟樊書俊談「臥底」的事了，只好改天。

不過，以臻她明明五點就已經準時下班，到底這個時間為什麼出現在這裡呢？

而且剛剛好像還特意在找樊書俊的車、他一出現就瞬間喊胃痛、之後又露出那奇怪的笑——就算像我這種腦筋不太靈光的人，也多少覺得有點怪。

一面想著我一面走出柱子後，打算搭電梯回到一樓大廳，沒想到電梯門一打開，就碰上工程部部草倪君猷，被他嚇了一跳的我，差點重心不穩往前撲倒。

「嘿，好巧──欸欸，妳又沒站穩了。」倪君猷伸手扶住我，笑著。

好丟臉啊啊，我連忙打招呼，「嗨，下班啦？」

「嗯嗯，要回去了。妳也留到這麼晚？」

「嗯，有點事要做。」只不過並不是原本工作範圍裡的任務。

「不過妳怎麼會在停車場？拿車？」

「我沒車啦，呃，剛剛要回家時電梯按錯，不小心就到B3了，現在要上去。」

倪君猷微笑，「那就別上去了，反正我開車，送妳一程。」

「不──」本想拒絕，但轉念一想，這人可是工程部的成員呢，說不定混熟還是有好處的，於是馬上改口，「──不好意思，那就麻煩你了。」

□

倪君猷的車小小的，乾乾淨淨，看得出來他的生活習慣不錯。從公司到我租的迷你鞋櫃並不遠，是一段微妙的距離，開車等等紅燈然後再轉幾個彎其實沒比走路快多少。

在車上倪君猷除了聊著工程部的一些瑣事，也聊起了上次的聯誼。

「——後來妳平安到家了吧？」

「是啊，不然現在哪會在你車上。」話說回來，你是不是問得有點晚了？

他笑了笑，「這麼說也是。」

我也笑了，突然不知道該說些什麼才好。

幸好倪君猷主動問道，「妳老家在哪裡？」

「老家？」

「嗯。在台北不是租房子嗎？那老家應該不在台北吧。」

「喔！」糟了從來沒想過這個問題，可是又不想說謊，「其實我家也在台北。」

倪君猷微笑，「是嗎？不想住家裡？」

「總之是，家家有本難唸的經。」天哪我竟然說出這種老掉牙的話，喬世妍妳真的愈混愈回去了。

「該不會是什麼逃家的公主吧？」

「呃，我像嗎？」

「滿像的。感覺妳跟其他女孩子不太一樣，有一次我在茶水間看到妳在泡咖啡，印象很深。」

我問道，「茶水間，可是工程部那邊也有茶水間，怎麼會走來我們這邊？而且泡咖啡有什麼好奇怪的？」

「泡咖啡本身不奇怪，但是知道怎麼在咖啡杯盤上放湯匙的女孩子不多，何況妳還不自覺地說了一句『人生第一次即溶咖啡就在今天』。」

天哪我也太不小心！「因、因為我——反正我——總之我——」

「呵呵，別緊張，開玩笑嘛。」

我輕撫一下胸口，冷靜下來，問道，「但是，你還沒說，你為什麼會跑來我們這邊的茶水間呢。走過來就要繞過半棟樓了吧。」

倪君猷笑容稍減，聳肩，「拿東西給前女友。」

我呆了呆，「前女友？」

「嗯。」

「也在我們公司？」

「嗯。那天聯誼她也有去。」

我揉揉額頭，「都已經講到這程度了，你乾脆就直說是誰好了。」

「妳猜猜。」

我轉轉眼珠，「那天聯誼有去、而且還勞煩你拿東西來我們這邊，八成就是我同部門的女生——紫菱不可能，敏晶也不可能……難道，是以臻？」

倪君猷不置可否，「我答應她不要說，不過，是妳自己猜中的。」

「哇。」我真是呆了，不知道說什麼才好。

「很意外嗎？」

「也不能說意外，只是——」我想了想，「好吧，很意外。」

「呵。」

「所以，我要保密對吧。」

「妳看起來不像八卦的女生。」

「但是萬一不小心說溜嘴，你們還是會很困擾吧。」

「她可能會。我無妨。」

那還不是一樣會困擾？「我會保密的。」

倪君猷看我一眼，帶著笑，「妳真的很不八卦。」

「什麼意思？」

「這時候不是都應該要追問：你們在一起多久啦、怎麼會分手、分了多久這種問題嗎？」

這要我如何回答才好？我不是不好奇，而是——

「我還沒跟你熟到可以這樣問的程度吧？」

而且萬一是你被甩，我這麼問豈不是徒增你傷心？

「這麼說也是。」倪君猷打著方向燈右轉進巷子，「是這條巷子沒錯吧？」

「嗯，對，今天謝謝你。」

「別這麼說，妳願意聽我說話，是我該謝謝妳。」

我有點不好意思，「很多人都願意聽你說話。」

倪君猷停下車，「但有時候還是需要對的人對的時空。」

「這倒是真的。」

倪君猷和我一起下了車，他看看這條有點暗的靜巷，這條長巷兩邊都是屋齡三四十年的連棟式老公寓，一樓全是那種貼滿各種水電搬家或貸款廣告的生鏽紅色鐵門。路旁停滿機車，唯一的空地大概就是用盆栽佔據的車位。

「這裡治安沒問題吧？」倪君猷陪我走了幾公尺，「整條巷子都很暗。」

「應該還好吧。」老實說根本沒想過，這是附近我唯一租得起的鞋櫃，不，房子了。「我就住這棟三樓。」我指了指。

「女孩子一個人在外面租房子，還是要處處小心。」倪君猷說道，「那就晚安了。」

「謝謝你送我回來，晚安。」我一面說著，一面從皮包裡掏出鑰匙，但沒想到手一滑整串跌落地上。

「我來吧。」倪君猷極有風度替我拾起，交還給我，「好重一串，看來上了很多道鎖，應該夠安全。」

我笑著接過鑰匙，「謝謝你。那明天見了，Bye。」

「明天見。」

開門上樓後，我聽到倪君猷也上車關門的聲音。握著鑰匙我突然想到剛剛在停車場以臻的樣子，不由得加快腳步上樓，準備打電話給樊書俊。

雖然剛剛倪君猷才說鑰匙很重，但那是因為裡面梅家的鑰匙就佔了絕大部分，事實上，我住的這間小套房只有一道鎖，而且還是超簡陋的喇叭鎖，加上一樓大門鑰匙，也不過才兩把。唉我是不是該把梅家的鑰匙先拆下來寄放在樊書俊那兒？不然天天帶來帶去又用不到，其實還滿蠢的。

我一面這樣想，一面打開房門，這時隔壁房周小姐的男朋友好像也回來了，喝得醉醺醺，雙頰潮紅，異常熱情地跟我打招呼。

我隨便說了句晚安便閃身進房，但說時遲那時快，房門竟然瞬間被卡住無法關上！

「嘿小姐一個人啊！」男人的腳就這樣硬生生卡在門縫，接著把酒氣衝天的臉也湊過來想推開門，「沒有男朋友陪妳啊？那我來陪陪妳好了！」

「你快走開！」

「小姐別這樣嘛——」

我嚇出一身冷汗，用盡全力壓著這扇破爛木門，老實說我從來沒有這麼後悔過離家獨立生活，此時此刻是第一次！

「欸小姐會痛耶！幹嘛這麼用力！好啊妳，等等看我怎麼整治妳！」

對方也推得更大力了，而我，終於放聲尖叫——

□

「早啊世妍。」

「世妍？」

……

……

「欽喬世妍！」

「啊？」我茫然地轉身，看見敏晶皺著眉站在我身後。

「妳搞什麼啊？咖啡都灑了，妳的手不覺得燙嗎？」

「哎呀，真的……」我吸吸鼻子，連忙把杯子和湯匙放進水槽，打開水龍頭沖著發紅的手。

「世妍妳沒事吧？妳的臉——OK 繃？那是傷口嗎？」

「啊，這個……」我苦笑，「昨天晚上跟人家打架弄傷的。」

敏晶瞪大眼，音量瞬間高了十六度，「什麼？打架？妳？」

「噓噓！小聲一點啦！被別人聽到很丟臉。」

「——什麼事很丟臉？」如冰般的聲音就這樣刺入我耳中，不用回頭我也知道聲音的主人是誰。

「樊副理，早。」敏晶被樊書俊嚇了一跳，連忙打招呼。

雙手插在口袋裡，像是從漫畫裡走出來的冷傲男主角般，樊書俊眼中帶著寒光瞧了我一眼，隨即看向敏晶，「聊什麼？」

「就在聊，世妍——呃，喬小姐，昨天晚上跟人家打架的事……副理你看，她臉都受傷了。」

樊書俊用比上次凍結麻辣鍋還寒冷的表情看著我臉上的傷口幾秒，「——該不會穿著公司制服到外面惹是生非當小太妹吧？」

一股怒從中來！「才不是！我是被色狼攻擊不得不還手好嗎！」

「色狼？」敏晶和樊書俊都露出驚訝的表情，「到底怎麼回事啊？」

我嘆了口氣，說道，「昨天晚上回家要開門的時候，隔壁房客的男朋友喝醉了，趁著我進房的瞬間要闖進來，後來就打起來了，我的臉被他抓傷，他也被我推去撞牆……後來隔壁房客和房東、警察、里長全都來了，折騰了一整夜……就這樣。」

「就這樣？什麼叫就這樣？這很嚴重耶！妳有沒有去醫院驗傷？」敏晶很擔心地看著我，「後來呢？有去警局嗎？」

我偷瞄了一眼樊書俊愈來愈恐怖的臉色，囁嚅，「沒、沒有……」

「沒有？！」敏晶撐著額頭，「妳這個大笨蛋！差點就要上社會版了還不報警？還有，那地方以後不能住了吧？也太危險。」

「這個嘛……」妳教我搬哪去啊，我又沒錢住飯店。

這時樊書俊冷冷看著我，沒再多說什麼，逕自轉身離去。

幹嘛啦，逃這麼快，你以為我會跟你開口借錢啊？

雖然不是沒想過但這陣子已經太多把柄在樊書俊手上，為了避免被他嘲笑一輩子，還是別做傻事的好。我看比較實際的方法還是徵得房東同意之後在門上多裝兩道鎖比較有用，最好還多買兩罐防狼噴霧以備不時之需。

再說了，就算這兩天有錢住飯店，最後還不是得回去迷你鞋櫃，難不成飯店能住一輩子嗎？

欸！！！我這個大笨蛋！我可以去找二哥幫忙！他不就是我們慶恆泰集團觀光事業體系的管理人嗎？不管是維納斯還是雅典娜，隨便哪間飯店都可以，借我間小客房住兩天應該不成問題吧？！

「世妍妳怎麼啦，沒事吧？」敏晶挺擔心的，「妳看起來狀況不太好。」

我笑了笑，「沒事啦，我只是想到今天晚上應該有地方可以借住，想到恍神了。」

「如果實在搞不定，我家借妳住個一兩天也還可以。不過超過兩天就不方便了，因為我很孤僻，喜歡一個人。」敏晶毫不掩飾，我就是喜歡她這點。

「我OK的啦，真的。」我洗淨杯子，重新泡了杯咖啡，「走吧，回座位吧，不然等等仙妮組長沒看到我們又要發火了。」

「哈，妳先回去，我還沒泡茶呢。」

「那待會見。」

□

我捧著咖啡一走出茶水間就被雙手抱胸靠在牆邊的樊書俊嚇了一跳。

「你幹嘛？」我悄聲問道。

樊書俊目光梭巡四周，低聲回道，「午餐時間，停車場見。」

「停……」我「車場」兩個字都還沒說完，樊書俊就已離開牆邊，掉頭離去。

唉為什麼我有種在演臥底警探片的感覺？

奶奶叫我來見識的現實社會難道就只是長這樣嗎？怎麼覺得很無言呢。

「找我幹嘛？我好不容易亂掰了一個理由才不用跟敏晶她們一起吃飯。」我輕輕關上車門，問道。

樊書俊看都沒看我，只是警戒地望著四周，語帶責備地說道，「昨天晚上為什麼沒跟我聯絡？就算不想跟我聯絡，至少也該跟妳三哥他們報告一聲。」

「姓樊的你真的很無情，教訓我之前就不能先問一聲**妳傷得怎麼樣、有沒有事之類的嗎？**」

「妳傷得怎麼樣有沒有事。」

「哼這麼不情願不如不要問。」

「妳真的是貨真價實的女人，不問不高興，問了又嫌沒誠意。」

我哼了聲，「對呀怎麼樣，你第一天認識我啊？本小姐就是個性差怎麼樣。」

「公主病。」

「毒舌王。」

「敗家女。」

「鐵公雞。」

樊書俊終於看向我，竟忽然一笑，「看得出來妳好得很，完全沒事。」

我怒目而視，「你現在是怎樣？浪費我寶貴的休息時間來聽你胡說八道很好玩嗎？你知不知道我昨晚完全沒睡，現在累癱了？」

「看妳那佔據半張臉的黑眼圈，我絕對相信。」樊書俊斂起笑，「妳今天無論如何別加班，下班後在公館的 CappuLungo 等我。」

「你要幹嘛？」

「到時再說。好了妳快下車，免得等等有人發現。」

我沒好氣地說道，「樊書俊，你真的很煩，既然要這樣，你為什麼不乾脆傳 LINE 給我就好？幹嘛還要我跑一趟？」

「怕妳缺乏運動，我是用心良苦。」

「——你都不擔心走在路上被雷劈嗎？」

「謝謝妳關心。」

他竟給出一個裝得天真爛漫的微笑，超想一拳揍下去。不過算了，想起上次在他家的經驗，我深信自己不是他的對手，還是不要以身犯險好了。

「好啦，下班是吧？你最好是準備請客，不然我饒不了你。」

「妳老是這樣撂狠話，從來沒實現過，不怕被說沒信用？」

我真是不知該說什麼好，「……你真的一天不欺負我你就不姓樊對吧。」

他再度微笑，「好說。妳不是一天不被我欺負就不姓喬嗎？」

「樊書俊！」

走進便利商店買了最便宜的三明治後回辦公室，在路過以臻座位旁時，她朝我微微一笑。平常我滿喜歡她的笑容，既甜美又溫柔；但今天不知怎的，卻由衷覺得她看起來假假的。

是因為她跟倪君猷的事嗎？還是昨天她在樊書俊車旁那奇怪的表現呢？

說真的我不知道，但其實她並沒有做錯什麼，也沒有得罪我什麼，說來說去，可能原因在於我吧，我就是個性不好，唉。

我回到位置上開始啃起三明治，坐在我旁邊的紫菱椅子一滑就靠向我，「欸，敏晶說妳昨天遇到暴力攻擊，跟人家打架，沒事吧？」

我提起所剩無幾的力氣，笑了笑，「還 OK。」

「妳看起來好憔悴喔。」紫菱坐在椅上咻地挪回自己的位置，接著再咻地挪回來，手上多了包零食，「給妳，補充能量。」

「謝謝。」我接過不知道是洋蔥圈還是洋芋片的零食，向紫菱揚起笑。

這時仙妮組長不知從何處回到辦公室，一進門就大聲叫我：「喬小姐！」

「是！」我連忙站了起來。

「剛剛接到人事命令，妳借調到工程部支援，從明天開始妳就要去工程部幫忙了喔。」

天哪我都差點忘了有這回事，「是。請問組長，所以我的東西要搬去工程部嗎？」

「嗯，這邊的座位還是會保留，帶一些常用的東西過去就好，那邊已經準備好電腦跟座位了。」

「好的，我知道了。」

仙妮組長笑了笑，「工程部最近很忙，妳要好好幫忙喔。」

「我會的。」

紫菱和以臻露出有些訝異的表情，敏晶比了個加油的手勢，我深吸了口氣，有種異常強烈的疲倦感。果然下班後跟樊書俊見一面是很必要的，一忙一亂，都差點忘了三哥要我去「臥底」這件大事。

唉我知道自己腦容量不怎麼樣，但怎麼有種它持續在縮小的感覺呢？

不到二十五歲的女孩子已經有失智跡象，這也太悲催了吧。

□

「歡迎光臨！」

聽著長得像某種白色甜點的櫃檯店員打招呼，我呆呆地望著CappuLungo的價目表，要死了，一杯咖啡一百八十元還幾乎客滿，大家怎麼都這麼有錢啊？

最便宜的到底是什麼？可惡的樊書俊什麼地方不好約竟然約一間這麼貴的咖啡店，一百八一杯耶，你知不知道本小姐最近每天的伙食費還不到一百二！

我內心淌著血，默默拿出皮夾，打算隨便點杯紅茶了事時，樊書俊不知何時已走到我身邊。

「怎麼現在才到？我替妳點好咖啡了。」

喔耶。不由得在內心小歡呼一聲。

跟著樊書俊走到靠近露台旁的座位，沒想到竟然看見了意外驚喜。

「有貓耶！」太久沒來，差點忘了這裡可是有名的貓咖啡。

「雖然見不到小白，不過看看這裡的貓應該也不錯吧。」樊書俊淡淡說道。

我在他對面坐下，很難得地真心誠意說道，「謝謝。」

「別自作多情，我只是因為這裡靠近我下午開會的地方，並不是為了妳。」

能夠在一秒內瞬間摧毀我對你的感謝，真不愧是高冷毒舌王樊書俊啊。

奇怪了你，對我溫柔一點好一點是會死嗎？會死嗎？！

樊書俊雙手抱胸，往沙發上靠，「這兩天妳打算住哪？」

「問這幹嘛？」你是要接濟我還是要收留我？

樊書俊不置可否，沒理會我，換了個話題，「梅若群打給我，說把妳調去工程部，好好『觀察』一下那裡的狀況。到了工程部後如果有什麼狀況，妳直接跟他說，他會處理。」

「說到這個，」我打起精神，「三哥是懷疑工程部有什麼問題嗎？不然怎麼會叫我去當什麼臥底。」

樊書俊扯扯嘴角，「以妳的程度，當臥底不到三秒鐘就被識破了。別把事情想得太複雜，不過就是想從妳的角度看看工程部的狀況。我先說，妳別自作聰明搞什麼諜報戰，妳不是那塊料，而我也絕對不想替妳收拾善後，懂嗎？」

「我的天哪，樊書俊你不把話講得這麼難聽會死嗎？」我實在被這傢伙打敗，「你真的很討人厭耶。」
「我從來就不覺得自己討人喜歡。」他冷道，語氣似冰如刀。
「我三哥到底為什麼可以忍受你啊？他跟你當朋友都不會覺得一肚子火嗎？」
「跟梅若群當朋友是我該一肚子火。我已經當他的職務代理人好幾天了，有機會好好說說梅若群，他如果再這樣下去跟我換職位好了。」
我無奈嘆了口氣，「難怪我們家就他跟我感情最好，都是視工作如浮雲的個性。」
「很得意嗎？」
「沒有，我在自我反省。」
「喬世妍竟然知道『反省』兩個字怎麼寫，不容易啊。」樊書俊沒給我反駁的機會，用眼神比比我面前的咖啡，「快點喝完，還有其他地方要去。」
我皺眉問道，「要去哪？」
「不要問很可怕。」樊書俊語畢，把他的濃縮咖啡一飲而盡，也不管我連手指都還沒碰到咖啡杯就逕自起身扣好西裝，「走吧。」
「喂你好歹等我喝完吧！這一杯很貴耶。」

本來已經轉身要走的樊書俊像是聽到什麼了不起的情報還是宣告似的，以極具戲劇性的姿勢回身看向我，「我沒聽錯吧？喬世妍小姐也有嫌東西貴的一天，看來這宇宙也到盡頭了。」

「……」不是我不怒吼你名字，而是我真的沒力氣了，算了隨便你吧。

□

「這裡，不是香格里拉遠東嗎？」

這是我相當喜歡的一家飯店，雖然不是我們慶恆泰的產業，但我常常來住，因為它樓層夠高，三十樓以上的房間視野都極好。

樊書俊沒看我，盯著路況，「聽說妳是這裡的常客。」

聞言我直覺就想逗他，「怎麼，帶我來開房間啊？」

當然我也知道不可能，這世上唯一不可能拐我開房間的就是眼前這個大壞蛋。

樊書俊本來只是面無表情，現在瞬間切換成**來吧讓我用眼神把妳碎屍萬段**的死神模式，「妳覺得跟一個身心健全的異性戀男人說這種話很好玩？」

「開玩笑嘛，有必要這麼嚴肅嗎？」那麼兇幹嘛……

「妳最好拿捏一下分寸。」樊書俊空出一隻手，從西裝外套口袋掏出房卡，「妳先上去。」

我接過房卡，呆了呆，「你真的訂了房間……」

「少廢話快下車。房間在三十六樓。」

天哪。

當我走進那熟悉的圓形電梯廳時，我幾乎都快哭出來了。

也不過幾個星期沒來小住，怎麼就有種恍如隔世的感覺？！

在電梯裡我深吸了一口氣，接著不禁滿腹疑問。

同樣是飯店，為什麼不去我們梅家自己的飯店？

雖然平常我喜歡香格里拉的景觀勝過自家的維納斯和雅典娜飯店，但此時此刻我還跑來這種要自費的地方，也太莫名其妙了吧？

以前來住時我從沒在意過帳單金額，不過印象中如果是豪華閣還是特級套房，也都跟維納斯一樣一晚好幾萬——一晚好幾萬，我現在哪付得起？！樊書俊你故意的吧？！

想歸想，出了電梯我還是不爭氣地找到了房間，接著不爭氣地開門進房，然後再不爭氣地踢掉高跟鞋，滾倒在沙發上。

嗚嗚嗚嗚……好懷念……

就連這裡的沙發都比我租的迷你鞋櫃舒服幾百倍，嗚嗚。

滾了一會兒，就聽到樊書俊按了訪客電鈴。

我攏了攏頭髮，走下沙發，幫樊書俊開了門。他還是那副冷到可以擊敗溫室效應的表情。

「原來這就是妳以前沒事跑來住的地方。明明家住台北市還三不五時離家住飯店，有錢人就是有錢人。」

「欸雖然能來這兒我很高興，可是樊書俊，我沒錢付啊。」這時才不管他要不要酸我，重點是要錢沒有要命一條。

樊書俊越過我亂踢的高跟鞋，解開西裝蹺起長腿，在沙發上坐下，「因為妳昨天遇到了突發狀況，所以特許妳在這裡住兩天。梅若群會開公帳。」

「那為什麼不乾脆送我去維納斯或雅典娜？這樣連公帳都不用開了，叫二哥簽張單就好。」

「妳是怕那邊的員工認不出妳嗎？到時多麻煩。」樊書俊看看四周，

「——套房的鑰匙給我。」

「我的鑰匙？」

「去幫妳拿換洗衣服。還是妳打算連續三天都穿一樣的衣服，我是無所謂。」

「你當然無所謂，臭呼呼的又不是你。」撿起被我扔在地毯上的包包，拿出成串鑰匙，交給樊書俊，「這兩把是套房那邊的。」

樊書俊皺眉看著掌心一大串鑰匙，「路易威登？妳現在是一介平民，用個好幾萬的鑰匙圈——妳都不覺得哪裡怪怪的嗎？」

「呃——」糟了，這是搬出來時唯一忘了換掉的東西，連手機都換成平價貨但竟然沒想到鑰匙圈，「你不講我都忘了……」

樊書俊誇張地嘆了口氣，「公主就是公主，沒救了。」

「喔唷。」算了這些不是重點，反正之後換個新的便宜的就是了嘛。「欸我好餓，可不可以叫客房服務？」

「可以，反正梅若群的錢與其被那些拜金女明星花光不如給自己妹妹吃飯。妳就隨便點吧。」

「喔耶！」

□

「呼，怎麼這麼久。」大約四十分鐘後樊書俊才回到飯店，我剛剛吃飽，差點在沙發上睡著。

「我願意替妳拿衣服已經不錯了。」他走進房中，把一袋衣服交給我，看了一眼餐桌，「妳豬啊？」

「如果當豬能一直住這兒，又有客房服務可以任意吃，那我樂意當豬。」

樊書俊從口袋裡掏出鑰匙還我，「拿去。」

「欸！等一下，這是什麼?!這不是我的鑰匙啊。」

他塞給我的，是一串非常可愛甜美的馬卡龍造型鑰匙圈，上面還裝飾著蝴蝶結，完全充滿少女風。

「是妳的鑰匙沒錯，我只是換了鎖圈。」樊書俊說道，「路易威登我暫時替妳保管。」

我呆呆地看著手上的馬卡龍鎖圈，我還真不知道樊書俊這傢伙是從哪弄到這麼少女這麼夢幻的小東西。

「發什麼呆？」

「這個馬卡龍鑰匙圈，你買的？」

樊書俊沒好氣答道，「偷來的。廢話，當然是我買的。」

「你竟然知道去哪裡買這麼少女風的東西，我真是刮目相看……」

他冷冷看著我，「不滿意拆下來。」

「沒有，我很滿意。欸！說起來，我們認識這麼久，這是你第一次送我東西耶！我喬世妍竟然有朝一日能從你樊書俊手上拿到禮物，想都沒想過呢。」

樊書俊閃過一絲我無法理解的神情，皺眉，「……妳好自為之吧，我走了。記得把門鎖好，如果有人按訪客電鈴，一定要先從防盜孔看清楚是誰，知道嗎？」

「嗯。」

我一面玩著鑰匙圈，一面送樊書俊到門口，「今天謝謝你。」

「……欸，等一下。」

樊書俊的手已經搭上門把，他回望我，「又怎麼了？」

「這張門禁卡又是什麼？我本來沒這張的。」我舉起鑰匙圈上扣著的一張黑色門禁卡，「也不是公司的，這是什麼？」

樊書俊透出尷尬神色，過了好一會兒才答道，「那個，備而不用。」

「備而不用？什麼啊？」

「總之，需要的時候就會派上用場。」

「那你不該給我門禁卡，應該給我提款卡才對。」

「還我。」

「等一下，這到底是哪裡的門禁卡？」烏漆抹黑的，可是又有點似曾相識。

「啊！我知道了！」

樊書俊注視著我，「妳知道？」

「三哥家的，對嗎？」

「……他家最好只靠一張門禁卡就進得去。」

「……也是，他家明明就要刷指紋。」我反覆看著這張似曾相識的門禁卡，忽然又想到了，「樊書俊……這，該不會是……」

「很晚了我要走了。」樊書俊急急想走。

「等、等一下啦。」我伸手拉住他。

「妳煩不煩？」

「門禁卡的事暫且不提，還有件小事問你。」我說。

樊書俊帶著疑問等我說下去。

「昨天，以臻她沒事吧？」

樊書俊鬆開門把，凝視著我，「妳知道我有送她一程？」

我點點頭，「昨天去停車場找你，本想問你工程部的事，結果看到以臻。」

「她說她胃痙攣，請我送她去醫院，後來我放她在公車站牌下車。」

「我們公司離北醫那麼近，怎麼不送她去？」

「她有說，但我不想。」

我側著頭想了想，「她應該真的很不舒服吧？」

「我沒注意。」

「這也沒注意？那你都在注意什麼？」

樊書俊不耐煩地答道，「注意看看有沒有人看見劉以臻上了我的車。」

「是喔。」有美女上車還不好嗎？難伺候。

「從公司到站牌也不過一分鐘車程，不至於這樣就心情不好吧？」

「……嗯？」

我有些茫然地抬頭，還想著以臻上車前的表情，想著自己有沒有看錯。

樊書俊換上無奈的口吻，「我不知道妳昨天晚上會來找我。」

「嗯？啊，我沒有責怪你的意思啦。我哪敢啊。」我只是很想確定，是不是自己想太多，總覺得以臻舉動怪怪的，比工程部一干人等還可疑。「對了，她有沒有說她為什麼在公司？」

「沒注意。應該是加班吧。」樊書俊像是想到什麼似的，「不過，我倒是不明白一件事……」

「什麼什麼？快告訴我。」她哪有加班？！明明五點就下班了。

「劉以臻自己沒開車也沒騎車，為什麼會跑到B3的停車場去？那裡並不是員工出入口，也沒有置物櫃跟更衣室，她一個人到停車場去做什麼？」

我用指尖敲敲下頦，「真的耶。像我，如果不是為了找你，也不可能跑去B3停車場那邊。」

樊書俊不置可否，「……妳在公司小心一點。」這話不知是針對以臻抑或只是要我對所有事都提高警覺。

我點點頭，「知道了。」

樊書俊走後，我把馬卡龍鑰匙圈收進皮包，打開他帶來的換洗衣物，這才驚覺自己神經也太大條。

我這白痴，竟然讓一個大男人跑進房裡替我收拾這些內衣睡衣，喬世妍妳真的完了，史上無敵超級大蠢蛋，到底是在想什麼啊？！不對，喬世妍妳根本沒用腦想過吧？！而且，如果我沒記錯，我抽屜根本就很亂啊（抱頭）——嗚嗚我從小到大都沒自己整理過、摺過衣服，現在當然弄得亂七八糟——

這下完了，沒有最慘只有更慘，我的形象，我的人生，以後在樊書俊面前真的抬不起頭了嗚嗚嗚……

□

第二天我抱著紙箱走到工程部，第一個跳到我面前打招呼的就是原本的助理娜娜。「以後世妍妳就坐我旁邊這個位置囉。」

「請多多指教。」

娜娜擠眉弄眼，「紙箱放著就好，先去跟經理報到吧。」

「好。」

我放下紙箱拉順制服，跟在娜娜的身後走向經理室。

工程部的經理姓陳，是個看起來營養有點不良的中年男人，極瘦的一張臉上有著怎麼看都不明亮爽朗的八字眉，配上微微下垂的小眼睛和塌鼻梁，說真的看起來似乎過得不太好的樣子。

陳經理見到我後便點點頭，打了幾句官腔，例如工程部最近真的忙翻希望我趕快進入狀況什麼的，並吩咐娜娜帶我去和工程部幾個小組的組長打聲招呼。才過來短短幾分鐘，就明顯感受到這裡跟人力行政課不同，工程部果然忙碌緊張很多。不過，以後我好像就沒什麼機會跑去海外發展部了，這樣倒是挺不方便的。

除了二組組長倪君猷之外，其他幾個組長我都只有一面之緣，好在他們忙到根本無暇理我，大都只是瞄了眼我胸口上的名牌點點頭就算了，不然我也不知道該說些什麼才好。

跟著娜娜繞完工程部一圈，回到靠近門口的助理座位後，娜娜馬上靠過來，低聲問道，「欸欸，聽說妳跟樊副理和我們倪組長都很熟，真的假的？」

「哪有。」我連忙說道，「哪可能啊……」

娜娜縮回身體，露出思考的表情，「劉以臻說的，我以為是這樣嘛。」又是劉以臻？「我跟倪組長就那天聯誼剛好坐在一起而已，至於那個樊、樊副理——」

娜娜沒等我掰出藉口就主動說道，「是啦，樊副理怎麼可能會跟我們這些小助理們打交道，光看海外發展部一個助理都沒有就知道了。」

「對喔，妳不說我都沒想到。他們還真的一個行政助理都沒有耶。那雜事誰做？」

「就叫妳們人力行政課的人去支援啊，支援完就回去，大概是這樣。」我托著腮，「海外發展部業務量那麼大，竟然連一個本部的助理都沒有，這也太神奇。」

娜娜以極吃驚的表情望著我，「哪裡神奇了，以前就有啊，要不是發生那件事，現在也還是會有吧。」

「哪件事？」又有八卦了嗎？

「欸世妍妳的消息是有這麼不靈通嗎？」娜娜完全不敢置信，「就是樊副理把之前助理罵跑那件事啊。」

「他把助理罵跑？」愈說我愈一頭霧水了，「我不知道這件事，也沒聽說過，到底是怎麼一回事啊？」

娜娜看看四周，然後悄聲說道，「就是啊，以前海外發展部一直都是有助理的，而且還配兩個，因為他們真的人多又忙。後來樊副理剛升上來的時候，那兩個助理好像為了樊副理爭風吃醋，其中一個為了扯另一個後腿，故意把重要的資料弄不見，陷害對方、害她被樊副理罵；當然被陷害的那個心有不甘，後來兩個人在女廁吵起來還打架。樊副理後來知道這件事的前因後果，把兩個人都叫來罵一頓之後一起趕出海外發展部，之後就再也沒用助理了。」

我真是……我真是無言啊。

高冷毒舌王樊書俊有這麼受歡迎嗎？

竟然有女助理為了他把公司搞得像後宮鬥爭一樣，什麼跟什麼嘛。

娜娜看我完全驚呆，又說道，「這件事鬧很大耶，後來那兩個女生一個去會計部一個去日本事業部，但都待沒多久就走人了。」

我搖搖頭，「我真的完全沒聽說，這也太誇張，又不是演連續劇。而且……如果真的是這樣，那兩個女生當然很難在公司待下去……不管走到哪都會被側目吧。」

「真的！搞到後來是滿誇張，不過女生們大家都覺得樊副理真的是超帥的。」

我不禁在內心狂翻白眼，這是什麼爛結論啊。

「……這世界上我不懂的事真是愈來愈多了。」我決定用這句話作結。

奶奶啊奶奶，我真心建議妳好好管理一下公司了，妳只是偶爾來開會好像沒什麼作用啊奶奶。唉。

「嘿。」

倪君猷拎著空杯子路過販賣機，而我正好坐在販賣機旁的長凳上。

「倪組長好。」

「不叫我什麼親愛的嗎？」他揚起俊俏明亮的笑，在我身邊站定。

「噗，現在是上班又不是聯誼。」我用掌心包住杯子，笑了笑。

「怎麼樣，第一天來工程部還習慣嗎？」

「還好，做助理嘛，工作內容其實差不多。」

「要是有人欺負妳，就告訴我吧。」他在長凳另一端坐下，笑著說道。

「你人真好。」

「哇不會吧，我都還沒開口約妳，就已經被發好人卡了，好慘喔。」

聞言我笑出聲，「連我你都願意約，那你真的是好人了。」

「什麼叫『連妳』，妳有什麼不好嗎？」

「我就很一般啊，也沒什麼好的吧。」

論相貌比不過你前女友，論可愛比不過紫菱，論聰慧比不過敏晶，論活潑好相處也輸娜娜，論成熟穩重更不如仙妮組長（不過她已婚就是了），我是有哪裡好？

「我也很一般啊。」倪君猷微笑，看著我，「怎麼樣，兩個一般人，這個星期六要不要一起去看電影？」

「難道你是真心要約？」

「我本來就是認真的啊。」倪君猷說道，「我有電影交換券，要不要一起去？那部叫《重返心原點》，聽說很棒。」

「就我們兩個？」真是出乎意料的發展，我愣了一下。

倪君猷點點頭，「因為只有兩張。不去看滿可惜的，我看過預告，好像很好看。」

我考慮了一下，說道，「應該不會額外花很多錢吧——我不是要拗你請客的意思，只是我的生活費很有限，要抓緊預算。」

倪君猷聞言大笑，「我會去接妳，也會送妳回家，如果要一起吃飯，我會請客，這樣放心了吧？」

「欸我真的不是要拗你請客——」

「我知道，我也沒錢請妳吃什麼茹絲葵勞瑞斯。」

「噗，還勞瑞斯呢。」說到勞瑞斯，好久沒去了嗚嗚，好懷念哪。

「喔露餡了。果然是公主沒錯。」

「嗯？」我不解地看著倪君猷。

「是公主才能三不五時去吃勞瑞斯吧。」

「呃。才沒有。我、我只是很想去但沒去過。」糟了，我又說謊，明明就跟自家廚房似的每幾天就去吃一次……

倪君猷笑著，像春日裡明亮的陽光，暖暖的，「那有機會一起去吧。不過太貴了，各付各的吧。」

「你真的很有趣耶。一般男生說什麼也會打腫臉喊請客。」我笑道。

「沒辦法，我出身貧寒，不是有錢少爺年薪也還不到百萬。」他聳聳肩，「跟我一起出去的女生都受委屈了。如果妳因為沒有勞瑞斯而拒絕，我可以理解。」

「噗，你都說成這樣了，我能不答應嗎？」不然豈不是變成為了高級牛排斤斤計較的臭女生了？

倪君猷做出誇張的鬆口氣表情，「好險這招有用。」

「喔唷，原來是在耍心機。」

「想約女生出去，本來就該用點心。那星期六中午我去接妳？」

我點點頭，「嗯好啊，那就謝謝你了。」

「我會很期待的。」

□

在香格里拉遠東住了兩天，帶著必死的決心我還是回到自己的迷你鞋櫃。不過沒想到房門已經被加裝了兩道鎖，而且隔壁的周小姐和她男朋友竟然就這麼搬走，這還不算，兩天之內不但有人搬走，還有了新房客搬進來。哇這裡的流動率已經不是一個快字可以形容了吧。

我回去時房東太太正好在跟四樓的房客說話，她一見到我就連忙打發走四樓房客，臉上堆滿笑容迎向我。

「哎唷喬小姐！上次真不好意思啊！不過現在妳放心啦，周小姐跟那個酒鬼已經搬走了，現在換了一個新房客，人很安靜的，不用擔心喔。還有啊，我們已經給妳房間加了兩道鎖，妳真的可以安心了。」

「喔，好。謝謝房東太太。」哇來簽約時看都不看我一眼，現在這麼熱情是怎樣。

「那妳早點休息吧，我先走了啦，有什麼再跟我聯絡。好啦，再見。」

「嗯，再見。」

等房東太太走後我才掏出被樊書俊換成夢幻少女馬卡龍的鑰匙圈，輕輕地打開房門。唉。

——果然還是迷你鞋櫃。

住了兩天豪華飯店的結果就是，覺得迷你鞋櫃實在太迷你了。

我放下衣物，先把房門鎖上，接著在床邊坐下。

唉，這個世界就是這樣嗎？我拉過枕頭，抱入懷中，想著家裡的小白。不知道小白想不想我，我倒是很想念小白呢。好久沒幫小白梳毛了。

像我這樣，沒有什麼朋友，也沒有交往對象的人，一旦連寵物都不在身邊了，就會覺得好孤單好孤單。我想，這也許正是那天我輕易答應倪君猷邀約的理由吧。這次離家獨立生活我才發現，以前的自己真的是單細胞生物，不事生產也就算了，對身邊的人事物都覺得那麼的理所當然，好像大家「本來」就該對我很好，把我捧在掌心才對——世界上哪有這種事？沒有誰有義務對我好，所以我應該要珍惜那些對我好的人。

一想到這裡，我決定謝謝三哥。

這次要不是他，我真的不知道該怎麼辦。

當然樊書俊在緊要關頭也幫了忙啦，但實在不想謝謝他（我又任性了）。

「——喂？哥，是我啦。嗯、嗯，沒事啊，就想跟你說謝謝——就是你幫我付飯店錢的事嘛，我回家以後再還你……什麼？就，香格里拉遠東啊，你不是讓樊書俊替我訂了房間，還說要報公帳嗎？喔……好……那先這樣，總之謝謝你了，Bye。」

掛上電話後，我真的深深覺得年紀輕輕就失智的不是只有我而已。

唉，三哥也真是的，也不過就這兩天的事，竟然一點都沒印象，好像根本不知道有這回事，記憶是有這麼淡薄嗎？難道，我們家年輕失智是遺傳嗎？早知道就不必打去感謝他了，我還省點電話費呢。

正當這麼想時，我手機鈴聲響起，是樊書俊。

——到家了？

——嗯到家了。

——那就好。

——這兩天謝謝你。

喔呵呵，我真是有禮貌的好孩子。

——該謝梅若群，不是謝我。

——我謝過他啦。

——什麼？妳什麼時候——

不知為何樊書俊的聲音聽起來有些不安，有些急促。

——就剛剛，你打來前。欸結果他很扯耶，完全不記得有這件事。

——我知道了。先這樣吧。再見。

——喔，再見。

通話結束後我看著手機螢幕，不禁嘟囔一句：「怪裡怪氣。」

□

週六我起了個大早。

倒不是有多重視這次約會還什麼的，只是反正睡不著了，索性早點起床準備。其實我一直不太知道自己在做什麼。一般女孩子聽到只有兩個人一起看電影，應該心中的愛情小雷達還天線什麼的，馬上就會嗡嗡響起，但我卻一點也沒有。

並不是我對戀愛冷感，而是因為現在的自己正處於一種不穩定的狀況。

我不知道倪君猷在想什麼，也許只是覺得我有趣好玩，約約看，觀察是否能談得來等等，但我自己知道，無論如何他見到的都不會是完整的坦白的喬世妍。那麼，不管他喜歡或不喜歡，都已不再重要，因為他只看見一部分的我，不是嗎？

正因如此，所以我並沒多想。

只不過是一場電影，也許還一起吃頓飯，不過是很平常的社交罷了。

我就這麼定調了。

「嗨，你好準時。」

倪君猷笑著，「第一次約會就遲到，恐怕也沒有第二次了吧。」

呃，這是約會嗎？算了當作沒聽到吧。

「那我也該慶幸自己準時下樓？」

「不知道妳相不相信，我一直覺得妳會很準時。」倪君猷發動他的小車，笑看我，「安全帶，喬小姐。」

「喔，都忘了，抱歉。」

「我查了電影時刻，十二點半和一點四十分各有一場，如果我們現在過去，可以先看電影再吃飯，也可以先吃午飯再看電影，妳覺得呢？」

「先吃飯吧。」

因為我早起又沒吃早餐，想說省一頓……

我喬世妍也有這麼一天，真是……自己都不知道該說什麼才好。看來這次社會化得夠徹底了。

「妳還真是與眾不同。」

「與眾不同？」

「一般女孩子在約會時都會努力隱藏食慾。」

呃，你一定要一直強調這是約會嗎？

首先我一點都不覺得這是約會，再來就是我從以前到現在都不是善於忍耐的類型……

當然我並沒有直說，只是笑著，「做人坦白一點好。」

倪君猷不置可否，「都不擔心嚇跑男生？」

「如果剛認識的時候是女神，結果後來發現是暴食魚乾妹，我覺得那才不好吧。」

「這麼說來，那我是不是也該趕快表現出自己真實的一面呢？」

「所以說，你現在很假囉？」難道你本性不太陽，而是冰山屬性嗎？

倪君猷像是聽了什麼搞笑節目似的，大笑兩聲，「妳比我想像中還要伶牙俐齒。」

我聳聳肩。「還好吧。」

「既然要先吃飯，有沒有特別想吃的呢？我們去信義威秀看電影的話，在附近吃如何？」

「我都OK，便宜的就好。」

倪君猷看我一眼，「我會請客。」

「那也沒必要吃太貴的。」欠人情就不好了。

「想要累積資本等下次吃勞瑞斯？」

「喔唷，幹嘛一直提勞瑞斯啦。」勞瑞斯也在附近，你這樣會害我好想去！

「看來勞瑞斯是妳的罩門喔。」

「那你的罩門是什麼？」劉以臻嗎？還是其他？

「怎麼可以告訴妳，當然要讓妳自己發掘才有樂趣。」倪君猷換上狡黠但可愛的笑容，「太容易被摸透的男人，就不神秘了。」

「欸。」

「嗯？」

「說到神秘，有件事我搞不懂——別說整棟總部，就光說我們工作的二十九樓好了，那麼多女生，為什麼你約的是我呢？我是你名單裡的第幾順位啊？」

倪君猷呆了呆，睜大本來就已經很大的眼睛，「這個問題應該是約會完我送妳回家時再問的吧？」

我不解，「為什麼？」

「理想中應該是送妳回家時，在妳家樓下道別，然後覺得好像有點『什麼』的時候妳才開口提問，然後在氣氛不錯時，我就要回答類似『我就只看見妳』這樣的答案才對……」倪君猷無奈地笑著搖頭，「喬小姐，妳不會長這麼大連愛情小說都沒看過？」

「有是有啦，高中時有看過……」對，我就是被那個什麼叫烤鯖魚還是水煮魚的作者所騙，跑去向樊書俊告白還被嗆──天哪我幹嘛想到這個？！「還有前陣子紫菱借我一本《愛人未滿》……不過，不超過三本吧……」

「請容我冒昧──妳之前交往過幾個男生？當然妳如果覺得不方便或者不想，可以不要回答。」

「這沒什麼不能說的──我只有交過一個男朋友，大學時。」而且連三個月不到就分手了，現在還被紅色炸彈轟炸，要求高額禮金，超淒涼的。

倪君猷倒是訝異，「原來如此。」

「既然我都說了，那換你回答了。」

「我嗎，五個，從高中到現在。」倪君猷補充說道，「中間沒有重疊喔。」

我不禁一笑，「這個不用特別強調。」

「這很重要，一定要特別聲明。」

「是說，以臻就是第五個？」

倪君猷把車駛入停車場，光線瞬間變暗，「第四個。前陣子和大學時認識的女孩子短暫交往過，但很快就分手了，那個才是第五個。」

「這樣啊……」嗯，至少經歷過一些事，不像我空白一片。

「……看來這層沒有車位，還得再下去一層。」

「嗯，慢慢來。」我突然想到，「你還沒回答我的問題呢。」

「前女友的數量嗎？我回答啦。」

「不是啦，是為什麼約我，而不是別人。」

「喔，這個啊。」倪君猷頓了一下，「老實說，妳是少數見到我沒有眼冒愛心的女孩子，我想這是主要原因吧。」

「完全不懂。」

「如果一開始就感受到女孩子對戀愛發展的期待，其實我會覺得有壓力。」

倪君猷說道，「有少數女孩子，好像跟某個人出去看了場電影或逛了一次街，就把對方當作自己的男朋友——這種狀況我遇過，滿困擾的。」

我點點頭，「如果是這樣那我能理解。」

「妳就不一樣，妳看起來不是那種很期待戀愛，或者會把男人當自有領地的女孩子。」

「是嗎，說不定那是你對我的錯誤評估。也許我就剛好是那種跟你吃過一次飯看過一場電影就四處放話說正在交往的女生。」

「這麼恐怖？」

「知道怕了吧？」

倪君猷淺笑，將車駛入停車位，「嚇得我都沒心情吃飯看電影了。」

「呵。那先送我回家睡覺吧。」

「好不容易騙妳出來，才不會就這樣讓妳回去。」

「怎麼瞬間又變大魔王了？」

「讓女孩子猜不透，是一定要的啊。」

雖然是抱持著一般社交的心情，但不得不承認，久違的「約會」還是滿開心的。

距離上一次跟男生單獨出門已經不知道過了多久，因此眼前的一切都顯得格外新鮮。再說，像倪君猷這麼有姿色的帥哥，本身就是一種令人開心的存在。今天的倪君猷穿著很輕便的軍綠色合身針織上衣和牛仔褲，領口微微露出的鎖骨線條很好看。唔，原來男人露鎖骨也是不錯的，本來以為只有女生才適合呢。

排隊換電影票花了一點時間，他好像遇到了認識的人寒暄，我見狀就四處繞繞，目前的狀況好像沒有過去打招呼的必要。

後來電影不錯看，看完後在附近的新光三越轉了一圈，這好像是我獨立生活以來第一次在假日到這種鬧區逛街，其實非常不習慣。希望倪君猷把這種不習慣視為我對「約會」的緊張感就好。

傍晚他送我回家，一路上聊著電影，還有他自己。

他的母親在他小學時就離家了，父親一手把他和他姊姊帶大，在他升高中那年，父親積勞成疾病倒，靠剛上大學的姊姊半工半讀養家，供他讀書。但是他姊姊不管再努力也無法負擔房貸、生活費、兩個人的學費和父親的醫藥費，於是他姊姊休學了，成為一個很普通但薪水還可以的作業員。

後來他很爭氣地考上國立大學，可是那時他父親的病勢更加沉重，於是他的姊姊進了八大行業。錢是賺得又多又快，但父親無意間得知後卻十分難過，接著因為久病厭世，又恨自己拖累兒女，於是自殺了。

父親一死，他姊姊就沒理由繼續在八大行業工作，於是想找個正常職業，可是那時卻發現懷孕了，而她的男朋友並不承認那是他的孩子，就這麼丟下他姊姊離開。

從信義威秀回到我的迷你鞋櫃路程不遠，而倪君猷在談起這些時也是輕緩而簡潔，然而我卻不自覺陷入了他的述說之中。

「……妳沒事吧？眼睛都紅了。」

「喔？我沒事啊，沒事。」我連忙找出手帕壓壓眼眶，「有灰塵。」

倪君猷似笑非笑地看著我，「這麼說我的車疏於清潔了？」

「不是啦，我不是這個意思。」糟了連聲音都有點哽咽。

等紅燈時他轉頭看著我，用某種「哎真是傻ㄚ頭」的同情神情，輕問，「真的沒事嗎？」

我搖搖頭，擠出笑，「你辛苦了。」

「我哪會辛苦。我姊才辛苦。我爸也辛苦。」

「現在呢？後來她有把孩子生下來？」

「嗯，有。我姊真的很堅強，很拚，現在自己開了一家早餐店。雖然要起早摸黑，至少活得自由自在，我外甥很可愛喔，已經小學二年級了。時間過得很快呢。」

「那孩子的爸爸都沒出現了？」

「前幾年有出現，不過是為了借錢，不知道做了什麼壞事被易科罰金，求我姊借他十萬，不然就要坐牢。我姊有沒有借他我不清楚，總之後來就沒消息了。」倪君猷看我一眼，「有沒有覺得我家很可怕？」

「哪裡可怕了？」我很認真地說道，「我覺得你姊和你都很了不起。」

「但是以前交往的對象好像不這麼覺得……大概是覺得我家很複雜，或者很窮吧。」倪君猷好奇望著我，「難道妳不覺得嗎？」

我想了想，老實回答，「其實我並不是在你家狀況最不好時認識你，所以我沒辦法想像。可是以目前來說，我覺得並沒有什麼大不了的。」

「即使我姊以前待過八大行業？」

「那有什麼？她是騙人還是害人了？為了家庭付出的女生很了不起的。」
「真心這麼覺得？」
「其實是假的，為了要倒追你才假裝我能接受——這樣可以了吧？」我故意開玩笑道。
我以為倪君猷會笑，但他沒有，反而斂起輕鬆神色，沉靜而專注地凝視著我。
「——我，我臉上有什麼嗎？」
他勾勾嘴角，視線調回正前方，等變燈後右轉進巷子。
「對不起，我是不是說得太過火了？」我小聲問。
他輕輕搖頭，「沒有。」
「……」可是你的表情明明就很有事！
「到了。」倪君猷停下車，轉頭看我，給出笑容，「我沒生氣。只是覺得有點訝異——別誤會，是關於我自己的。我只是突然很在意妳說的那句話。」
「哪句話？」拜託從頭到尾我自己都不知道自己講過些什麼。
「為了要倒追我的那句。」
「呃！」男子漢大丈夫沒必要這樣記仇吧。

「讓女孩子倒追，實在沒什麼禮貌，也不夠紳士。這樣吧，妳不必那麼辛苦倒追了，我追妳吧。」倪君猷的表情並不像是在開玩笑。

但我笑了。「你少來。」

「不相信？」

「還是那句老話啊，我有什麼好的？」

「妳是喬世妍，這就是最好的地方。」語罷，倪君猷以迅雷不及掩耳的速度俯身在我額上一吻。

「你！」

糟了這個時候應該表現出被調戲的憤怒感嗎？

但其實我沒很怒，只是驚慌失措心跳加速加得很不規律而已。

「我說過不是在開玩笑，現在總該相信了吧。」

我緊緊皺眉，雙頰燒得通紅，不知該如何是好。

倪君猷笑著，「快回去吧，希望妳今天晚上能夢到我。」

「我，我才不會！」

「那我夢到妳也是可以的。」

「……無聊！」

我第一次發現原來跑步上三樓加上開門進房、倒在床上其實滿快的，用不到幾分鐘。

唉。都幾歲了我還像小女生一樣臉紅心跳，實在很遜。

也是啦，人生第一次告白被姓樊的打槍之後至少有兩年時間我都對戀愛很冷感，上大學之後遇見楊在軒，說到底有一部分也是為了忘了樊書俊才跟他交往。當然楊在軒這種男神等級的人物會看上我，再笨也不會錯過這機會。

問題是，跟楊在軒分手之後的我，感情就開始長達數年的空白期。

約我的人不多，追我的人也很少，大都是在所謂社交聚會上有幾面之緣的公子哥兒，跟我差不多家世背景的男生們。他們並不是抱持著想戀愛的心情（真心覺得富二代要談戀愛會找女明星，不會找同背景的），而是打著「認識看看，說不定哪天兩家要合作大生意時就順便結個婚聯姻一下」的算盤。說實話這並沒有什麼不妥，別人不說，我家二哥就是這樣娶了個賭城酒店大亨的女兒，自己因此成了慶恆泰觀光事業體系的負責人，這也是人生的一種選擇。

但是像我，我既沒有扛起家業的必要，也不是正宮所生、具絕對財產支配權的嫡長公主，就會處於有點尷尬又有點邊緣的狀況。生活是這樣，愛情也是這樣。再加上我不是個勤快的人，每天宅在家裡又順其自然的結果，就是什麼人也不認識，更別說遇上什麼讓我心動的男生了。

就連最近跟我走得很近、完全變成我靠山的樊書俊，也都是因為被奶奶丟出家門獨立生活之後，才開始恢復聯絡——拜託，不然之前傷我自尊傷那麼重，誰想理他啊？！

唉。說著說著又想到樊書俊。

我真是欠了他的。

我當年幹嘛沒事找事告什麼白啊？！

還以為學小說這樣講就萬無一失了，結果根本不是！

可惡的愛情小說，可惡的作者清蒸魚，我被坑了！

我伸手拉過枕頭，翻個身趴在枕頭上，才換好姿勢手機就響起LINE的通知。

——希望我今天沒有嚇到妳。

是倪君猷。

還附了個欠揍的鬼臉圖案。

我猶豫了一下，沒有回覆。

我不知道怎麼回才好。

這麼可口（？）的男人放話要追我，我應該要開心才對，不過一想到他並不知道真正的喬世妍身分背景，就覺得這一切只建立在謊言之上。建立在謊言上的感情，怎麼想都無法令人開心。

但也許是我想太多，可能再相處一陣子倪君猷就覺得我們不適合，早早放棄，也就不會有什麼後續發展。

這種可能性不是沒有。

嘖喬世妍，平常明明沒什麼大腦，怎麼就這個時候大腦突然發育健全、開始有作用了？這腦筋要是用在工作上，說不定工作表現會比幾個哥哥還強呢（最好是）。而且，如果當年向樊書俊告白前也能像現在這樣多想想，就不會搞得自己那麼受傷了。

煩死了又是樊書俊。

這傢伙根本是我人生第一大陰影。

嘖。

說到這陰影，還不能讓他知道我跟倪君猷約會的事，省得他在那邊冷嘲熱諷冷言冷語冷若冰霜冷……好像愈講愈奇怪了。唉這種糾結的時候如果有個什麼姊妹淘之類的聊聊好像會不錯——問題來了，我一直以來都沒有這種東西啊！

……嗯好吧也不能說「一直以來」，應該說高中時開始沒有。

高二時，跟我最要好的女生拜託我送情人節巧克力給樊書俊，但我拒絕了，而且也沒多解釋理由（實在說不出口我之前才告白被他狠狠拒絕），於是她很不諒解，非常生氣。後來她自己去找樊書俊，可想而知被那個冷面王打槍，但不知為何她把帳算到我頭上，從此不再理我，並且有意無意地聯合其他同學排擠我。

天哪樊書俊果然是我人生最大的陰影。

毀了我的告白初體驗還間接毀了我的高中生活和友情，奇怪了為什麼他都沒有遭到報應，為什麼？

□

手機不知響了多久，我才在半夢半醒間接起。

——喂？

——我上午有事去找會長，她託了一樣東西要我帶給妳。

——嗯？

我揉揉眼，拿開手機看了一眼螢幕。

——是你啊。

——不然呢。

——奶奶終於要給我信用卡了嗎？

——妳自己下來看。

——你在哪？

——妳家樓下。

——喔，好，我馬上下去。

我忍不住打了個呵欠。

一面想著今天果然太早起了，一面抓起鑰匙和手機，套上鞋子準備下樓。

「天哪！」我一上車就忍不住叫出來，「小白！」

樊書俊把提籠塞給我，「這傢伙根本是毛球，才上車沒多久車裡就都是白毛了。」

「哇是小白！真的是我們小白！」我根本沒理樊書俊說什麼，急忙打開提籠，伸手摸摸小白。

「嗯喵嗚。」小白瞪大圓眼，大概也覺得非常驚訝，用臉頰蹭著我的手。

「小白太好了，我真的好想你……」我轉頭看樊書俊一眼，「你車門都有鎖好嗎？我要抱小白出來囉。」

樊書俊皺眉，「老早鎖了。」

「耶！小白，我們來抱抱……小白……你最近好嗎？有沒有好好吃罐罐？有沒有好好洗臉？讓我看看——你是不是瘦了啊？嗚嗚小白你還是那麼軟那麼蓬，我真的好想你……」

「妳現在是把小白當卸妝用的海綿還是毛巾嗎？」

「你在說什麼啊？」

「妳是想把臉上的妝全都蹭到小白身上是吧？」

懶得跟你爭。「我是在跟小白撒嬌，你不懂啦。」

「我當然不懂，我又沒養貓。」

「……小白舔我的手指了！舌頭還是一樣刺刺的，好懷念啊。」不過真的，現在已經滿貓毛了，唉，小白你真的很會掉毛。

樊書俊像是在看好戲似的，「今天星期六，妳沒事化個大濃妝幹嘛？」

「這妝哪裡濃了？也不過就戴個放大片畫個眉上個睫毛膏而已。」

「妳平常上班也沒戴放大片。」

「假日出門，打扮一下很正常的好嗎。」我繼續撫弄小白的下巴，小白相當舒服相當享受的樣子。

「假日出門？難不成又聯誼？」

「什麼聯誼，是約會，約——」我說到一半驚覺不對，呆了呆，連忙打住。

樊書俊冷冷地瞧著我，「我不會多管閒事，但我還是要問一句——是跟我們公司的人？」

我遲疑了一會兒，無奈地點點頭，「嗯。」

「我不知道妳是無聊想玩玩還是怎樣……妳是慶恆泰的千金小姐，以後也是集團主人之一，自己要懂得拿捏分寸，知道輕重。」

就憑你這口氣，我都覺得自己像是做錯事等被罰的小學生了，樊、老、師。

可是，事實上，樊書俊的話倒是一點都沒錯。

「……沒那麼嚴重啦。」我嘆了口氣，睡著前的心思又回來了。「我也知道現在這狀況……不管對方是誰，在他面前的都不會是真正的喬世妍，也不會有什麼結果的，對吧。」

樊書俊別開頭，過了一會兒才說，「……不會有結果的事，最好別讓它開始。」

看著他若有所思，帶著淡淡憂鬱的神情，我很難得地沒有鬧他，而是想著──這是你樊書俊親身經歷後得到的結論，是嗎？

後來樊書俊不想讓他的車妨礙整條巷子交通，於是決定在附近繞幾圈。

此時此刻我真的很謝謝他，讓我跟小白可以在他車上共處，這種感謝的心情幾乎快要蓋過他明明就是我人生陰影這個重大事實了。只能說，我真的太想念太想念小白，而且在見到小白時我也同時明白，不管是在家裡當公主的喬世妍，還是在公司假扮青春氣質小OL（誤）的喬世妍，其實都一樣，一樣寂寞。

「……小白該剪指甲了……」我輕輕說道，指尖揉著小白很短很短的鼻梁。

樊書俊打著方向燈，淡淡地說著，「妳真的很愛小白。」

「……嗯。」

這世界上不管有沒有喬世妍，明天太陽都會照常升起。

梅家不管有沒有我這個四小姐，大家都會繼續呼吸。

但如果小白沒有我，就沒辦法活下去了。

所以不管遇到什麼事，我都會好好的，為了照顧小白。

小白就是我的人生責任。

換個角度來說，是我需要小白作為我的生命意義，而不是小白需要我。

「欸你知道有一部電影叫做《如果這世界貓消失了》嗎？」

樊書俊點點頭，「前陣子看到電影海報，馬上就想到妳。」

我不禁微笑，「原來你這麼了解我。」

是我錯覺嗎，樊書俊好像瞬間臉紅了一下。

「那只是因為妳有養貓。」

好吧是我錯覺。

「你真的很擅長破壞別人對你的好感度耶。這是你的成名絕技對吧？」

「好說。」

「我不是在稱讚你！」

「我也不需要妳稱讚，我需要——」樊書俊突然打住，皺眉，「所以，

那部電影怎麼樣了？」

「電影還好，我有看小說，小說真的很好看。」我說道，「小說裡有一句話：『不是人類飼養貓，只是貓願意陪伴在人類身旁而已。』我現在真的這樣覺得呢……」

「原來公主殿下也有思考人生意義的時候。」

「……」

「嗯？生氣了？」

我緊緊抱著小白，「沒有。」

懶得生氣。你講一次我就氣一次的話，早就心臟病發了啦。

何況，我難得跟小白見面，好好抱抱小白才是重點，愛講什麼隨便你。

樊書俊忽然嘴角微揚，「妳也該長大了。」

「是怎樣？我一直都很幼稚嗎？」

「難道妳覺得自己很成熟？」

呃好吧。「是沒有這樣想過……」

樊書俊給出讚許的表情，「這說明妳還有點自知之明，不算沒救。」

「我現在又有救了？之前不是還說我沒藥醫嗎？你根本——」話沒說完，我的手機就響了起來，小白被鈴聲嚇到，咻地逃到樊書俊腿上。

小白你這個叛徒！你竟然就這樣落跑，而且寧可投靠高冷毒舌王也不理我——

「沒想到妳用菲瑞．威廉斯的〈Happy〉當鈴聲……還不快接？」

「要你管——」我也沒看來電是誰，直接接起。

——嗨。沒想到妳會已讀不回。

是倪君猷，尷尬了這下。

——嗨。找我什麼事？

——妳的手帕，淺綠色，角落有很小一朵波斯菊的，掉在我車上。

——噢！

——我在妳家樓下，下來拿吧。

——呃，可是，不好意思，我現在人在外面。

——是嗎，那太可惜了。本來想趁機約妳吃晚飯的。

倪先生你也太積極了吧。

——呃呵呵……手帕的話，星期一到公司再給我就好，不好意思讓你白跑一趟。

——別這麼說，是我沒先問就擅自跑來了。那手帕就上班再還妳囉。

——好的，謝謝你。

——再見。

樊書俊到底有沒有聽到對話我不清楚，反正不管有沒有，他都還是那副凍死人的冰冷表情。我伸手從他腿上抱過小白，小白不甚樂意地喵了一聲。

「調妳去工程部不是讓妳去談戀愛的。」樊書俊冷哼。

「你怎麼知道是工程部的？」哇塞也太神奇。

「我看到來電姓名。倪君猷。」

「我明明是輸入『倪組長』。」可惡大螢幕的手機果然有缺點！

「不過不意外。」樊書俊淡淡說道。

……跟你談這個很尷尬。

可以換個話題嗎拜託。

「欸。」

「嗯？」

「奶奶怎麼會想到讓你帶小白來看我？」她明明就放話說這段期間要斷絕所有聯絡的。

「一時興起吧。」樊書俊看了我一眼，「我也該送小白回去了。」

「真是捨不得……」我看著小白，後者很放鬆地四處張望著。

「……這世上沒什麼事好捨不得的。」樊書俊淡漠地說。

□

週一去上班時，一打開抽屜就看到了那條淺綠色在角落繡著波斯菊的手帕。

我把手帕放回皮包，想起了樊書俊的話。

那句話，明明指的應該是此時的我與倪君猷，但不知為何，我的思緒卻開始遠颺，像是掉進了時光通道般，以飛快的速度翻覆轉騰，回到了我十五歲那年；或者說是十六歲的生日前夕，站在那棵正要放上金色大星星的璀璨聖誕樹前，帶著手做禮物等待樊書俊的畫面……

——不會有結果的事，最好別讓它開始。

是這樣嗎？

□

接近中午休息時，電腦上的 LINE 視窗跳出了提醒。

——哈囉妳有空嗎？

是以臻。

怎麼辦，現在一看到她的名字就同時想起了樊書俊及倪君猷。

——什麼事？

——等等中午有事找妳，方便嗎？可以的話在一樓的星巴克見面，我請妳喝咖啡。

我看著螢幕，滿腹疑問——我和以臻不過就是一般同事交情，有什麼事需要特別約出來見面的呢？

不過，倪君猷跟她之間的故事我還好，倒是上次她無端端在停車場出現，還突然不舒服，那件事我比較在意，不妨藉這個機會偷偷了解一下……可是不對啊，跟以臻一樣沒車的我，那時會出現在停車場，不也同樣奇怪？而且還不能讓她知道我跟樊書俊早就認識……

算了不管那麼多，見了面應該就知道了。

打定主意後，午餐時間一到，在娜娜開口邀我一起用餐前我就先比了個抱歉的手勢，說今天中午有事要去銀行，沒辦法一起吃飯。接著我抓了手機和手拿包衝向電梯，沒想到在電梯關上門之前，倪君猷也擠了進來。

整部電梯裡都是要外出用餐的慶恆泰員工，隨著樓層愈停愈多，我跟倪君猷都被擠到了靠牆的角落。其中有個揹著大型後背包、沒掛識別證、看起來像訪客的年輕小妞拚命往後退，龐大的後背包當然就死死地往後擠。就在那個大得不像話的後背包上的金屬皮帶扣環差點刮到我時，倪君猷伸手替我擋了一下。

揹著大型後背包，也不管包包上的皮帶扣環已經把別人手心刮破皮的女生不悅地轉頭瞪了我和倪君猷一眼，以不大但清楚的音量嘟囔著「推屁啊」。

倪君猷冷冷開口，「小姐，妳的包包差點刮到我朋友的臉。」

「我包包又沒長眼睛，你朋友有眼睛自己不會閃開喔？」

「這電梯已經擠滿人了，妳要我們閃到哪裡去？」倪君猷看著年輕女孩，亮出被刮出血痕的手心，一字一句地說道，「今天受傷的是我的手，擦個藥就算了，如果受傷的是她的臉，或者眼睛，妳賠得起嗎？」

電梯裡眾人鴉雀無聲。

年輕小姐漲紅臉，不再說話，但也沒有說句不好意思或者抱歉什麼的，只是轉過頭繼續背對著我們。

我有些困難地從手拿包裡拿出倪君猷上午才剛還我的手帕，拉過他的手，以很蠢笨的手法暫時包紮起來，在他手背上打了個結。倪君猷露出一抹好看的笑，用受傷的手輕輕捏了下我的指尖，微笑不語。

電梯在一樓停下，年輕小姐和人群迅速地散開，我和倪君猷最後走出電梯，俟電梯門關上，我開口說道：

「你的手沒事吧？剛剛謝謝你。」

「我沒事，滲一點血，說不定今年的血光就這麼化解了，也不錯。」倪君猷深深地看我一眼，「妳沒事比較重要。」

被他看得有點害羞，我索性顧左右而言他，「啊好想睡覺，我要去買咖啡了，Bye。」

「等一下。」

「嗯？」

「沒跟其他人一起吃午飯嗎？」

「呃，我有朋友在星巴克等我。」這時跟他說是以臻也太奇怪了吧。

「該不會是男生吧？」倪君猷裝起嚴肅的表情。

「女生啦。」

他笑了出來，「那快去吧。」

「嗯。等會兒見。」

走進星巴克時以臻已經坐在角落的小圓桌等我，她笑著向我招招手。考慮到本月還沒月底但伙食費已經見底，我決定厚著臉皮不點飲料。

「哈囉～」

以臻還是一如往常地甜笑著，不得不說，在她的笑容面前我覺得自己對她產生的那些不愉快心情，好像相當不該。

「嘿，怎麼想到要找我？我才去工程部幾天而已耶，就這麼想我了嗎？」

以臻不好意思地笑著，「哎唷……其實，是有件事想問問妳啦。」

「喔？什麼事呢？」

以臻有點遲疑，停了一下，才開口，「世妍，雖然我之前問過，但我還是想再問一次——妳是不是，以前就認識樊副理呢？」

鎮定！我告訴自己。

默默在心裡深呼吸了一下，我回問，「妳為什麼這麼覺得呢？」

「前幾天我不太舒服，在路上遇見樊副理，他送我去醫院。他看到我時說了一句，『妳是世妍的同事』——這句話很詭異，妳不覺得嗎？」

我懂以臻的意思。

「妳是世妍的同事」意味著「我因為世妍的關係所以記得妳」而不是像「妳是人力行政課的劉小姐、在聯誼時見過面」這麼單純直接。換句話說，「妳是世妍的同事」，代表著樊書俊對以臻的印象是建立在跟我的關係上，我是他和她的中繼點。

但是，我看向以臻，驚覺她的話並不百分百正確。

首先，她是在B3停車場搭上樊書俊的車，這可是我親眼所見；再來，樊書俊明明就說只送她去站牌——再怎麼樣，我當然還是相信樊書俊多過於以臻。

就是這件事，讓我一點都不想坦誠相告。

於是我皺起眉，「那應該是樊副理對我印象太深的關係。『人力行政課的麻煩製造者』——他大概這麼想吧。」

這不算說謊，因為我真心覺得樊書俊把我當成麻煩製造者，唉。

「但是，他怎麼會稱妳為『世妍』呢？」以臻沒放棄，又補了一句，「再怎麼樣，應該也是叫妳『喬小姐』才對。」

不，不對。如果是樊書俊叫我，只會連名帶姓——

我看著以臻。

忽然有個念頭浮上心。

樊書俊從來沒叫過我名字，一定是連名帶姓——而且像他那麼謹慎小心的人，絕不會露出這種致命的破綻（又不是像我這麼笨）。以臻她，說不定根本是在套話；樊書俊根本沒說過這些，但她胡亂編造之後想來套話。

「他叫我『世妍』？怎麼可能——」我故意用不以為意、輕鬆的口吻說道，「如果真是這樣，那說不定樊副理其實偷偷暗戀我喔。」

以臻尷尬一笑，「是嗎？所以原來是我想太多？」

這是問句，而不是肯定句。我想著。

「話說回來，以臻妳為什麼會很好奇我認不認識樊副理呢？」

以臻幽幽嘆了口氣，托著腮，流露出小女人的嫵媚，「有幾個原因啦……第一是，我想多知道跟樊副理有關的事；第二是，我想確認世妍妳……」

「我怎麼樣？」

「……會是幫手，還是對手。」

「噢。」我發出了聲音當作回應，但瞬間心跳漏了幾拍。「這麼說，妳對樊副理有好感嗎？」

以臻聳聳肩，「這棟大樓所有女孩子都對梅副總、樊副理和倪組長有好感吧。」

好啊妳不要承認啊。

我不承認妳也不承認，大家一拍兩散。

——不過，原來三哥也是大家覬覦的對象嗎？我怎麼都不知道。

他那個夜店咖才不會對一般 OL 有興趣，大家應該要清醒清醒了。

我換了個姿勢，說道，「既然不是特別有好感，那我是不是以前就認識樊副理，似乎並不重要。」

以臻忽爾一笑，「世妍妳，很有趣呢。」

為什麼這話被妳一說就這麼酸？

「有趣嗎？還好吧。」

「總之，我只是想多收集一點情報，」以臻換上相當無害的口吻，「其實妳說的沒錯，我確實對樊副理有點好感，不過……他好像『易守難攻』呢。」

我還「固若金湯」咧。

「這我就不清楚了。」他不是難攻，是不給攻。

以臻指尖滑過咖啡杯杯緣，無奈地勾勾嘴角，「不知道為什麼，我最近總是不由自主會注意樊副理的動向，特別想跑海外發展部。」

所以妳就是喜歡上他了嘛。「是喔。」

「我比較是那種、事先多收集情報的個性，所以如果有冒犯妳的地方，請妳體諒。」

小姐，妳這跟直接承認完全沒兩樣啊。

我笑了笑，「樊副理很有人氣呢。」

以臻也淺笑，「但是真的會行動的人可能不多吧。」

「這倒是。」這裡是公司、是職場、是混口飯吃的地方，不是愛情遊戲場啊。

「欸我好像不知不覺就全部都講出來了，是不是很笨呢？」以臻扮了個鬼臉。

「不會啊，這也沒什麼。我會保密的。」

而且我不覺得妳笨，一點都不。

說不定妳還指望著我替妳把話傳到樊書俊耳邊呢。

「嗯、那就好，不然被紫菱她們知道，一定變成大八卦。」以臻露出非常甜美的微笑，「——作為交換條件，妳跟倪君猷的事我也會保密的。」

我微微一怔，隨即說道，「我跟倪組長有什麼事？」

「不是一起去約會看電影了嗎？」以臻保持著相當美好的笑容，說道，「我朋友看到你們，還跟倪君猷打了招呼。我想以倪君猷的個性，早就告訴妳我是他前女友了吧。」

我不知該如何反應，沒有說話。

「妳不要在意，我跟他斷得很乾淨。再說現在我在意的人也不是他，倒是妳——妳應該知道世間巧合很多，而且沒有永遠的秘密。」

「……什麼意思？」

「妳有沒有想過，那天跟倪君猷打招呼的人為什麼知道妳是誰呢？」她眨眨眼，「如果是沒見過、不認識妳的人，只會告訴我：『倪君猷跟別的女生去看電影』；但那個人跟我說的卻是——『倪君猷跟喬世妍去看電影』喔。」

這麼說，那個人知道我的名字——

知道我是「誰」。

以臻注視著我一會兒，小臉龐湊近我，低聲說道，「我不會告訴任何人的——梅世妍小姐。但是，那個遇見妳和倪君猷的人有沒有告訴倪君猷妳的真正身分，這我就不知道了。」

語畢，以臻再度向我眨眨眼。

但我無法給予任何回應，只是怔怔地看著她。

□

工程部的助理確實很忙。

光是處理各式各樣的工程資料、報價、材料單等就快忙不過來。這樣也好，忙到沒時間去細想以臻的話。

下班前好不容易趕完一份更新版的材料單價，印出來給經理和幾位組長備審，當我將最新版的材料單價文件分送到倪君猷桌前時，他抬起頭向我一笑，很溫柔的，任何女生都會為之動容的笑，但我卻冷漠以對。

即使眼神交會的時間極短，也許僅有一秒，不過他似乎察覺到我的不悅，瞬間換上了「怎麼了」的問號表情。

而我只是默默執行自己的任務，離開他的座位前，走向第三組。

那天那個遇見我和倪君猷的人，既然會大嘴巴告訴劉以臻我是「誰」，那麼也絕對會告訴倪君猷。

如此一來，倪君猷早就知道我是誰了。

但他卻不動聲色。

說真的我不該生氣，畢竟先隱瞞身分是我不好，但是他明知卻不說破，實在讓人很不舒服。

你就這麼想看我辛苦做戲？

還是等著看我會不會因為騙了你而內疚？

不管是哪種心態，都讓我無法接受……

無法接受。

05

——欸你今天加班嗎？

——幹嘛？

——請我吃飯好不好？

——妳又沒錢了？

——不是。

——那現在是怎樣？又不想一個人去吃麻辣鍋？

——你很囉嗦耶。不請拉倒。

——馬辣還是老四川？

——吃什麼不是重點，你高興的話排骨飯也可以。

——那一樣在路口等。

——好。

傳完LINE，我收起手機，默默地趴在金色圍欄上，低頭看著環形中庭裡的一樓大廳。從二十九樓往下看，有種相當不真切的感覺。隔著安全網，一樓大廳裡的自動演奏鋼琴和噴水池不算清晰，不是很能思考的我，現在只是盯著每到下午就開始自動演奏的山葉鋼琴，想著今天好像又是蕭邦的升C小調圓舞曲、不知道是誰負責選曲、下次能不能換成拉赫曼尼諾夫或者鋼琴版披頭四這種無謂瑣事。

「妳還好嗎？」不知何時，倪君猷走來我身邊，輕皺著眉。

「我很好啊。」我收回趴著的姿勢，挺直背，「我先回座位了。」

「——我惹妳生氣了？」倪君猷伸手拉住我。

我輕輕甩開，「我沒有生氣。」

「妳臉色很難看。發生了什麼事嗎？中午見了朋友不開心？還是工作上遇到什麼困難？」倪君猷沉著地問。

我試著揚起笑，但我想我不是演技派，這笑容可能看起來很僵硬。「真的沒什麼，我摸魚太久，不回去不行，再見。」

「世妍……」

我轉身快步離去，把倪君猷留在原地。

「喬小姐！這次的材料單價表是妳負責更新的嗎？」一回到工程部就碰見陳經理，他那小眼睛今天看起來更小更迷你了，還是苦著一張臉的樣子。

「是的。」我說。

「是嗎？」陳經理歪著頭想了一會兒，說道，「去年同期的單價表麻煩妳找出來給我，印出來，不要用 mail 傳。」

「好的我知道了。」

「看能不能下班前給我。」

「是。」我連忙坐回電腦前，開始聚精會神找出陳經理要的資料。

俟陳經理走遠後，娜娜貼近我，「老陳就是這樣，每次都到了下班前才在那邊催東催西的，習慣就好。」

「OK 的啦。」反正不過就是找個去年的資料，應該不至於花太多時間吧。

……結果，竟然出乎我意料的難找。

直到下班時間後又過了十幾分鐘，我才把所有資料印好送去給陳經理，接著衝回座位把手機什麼的掃進皮包裡，準備去跟樊書俊會合。希望樊書俊剛好也有事得忙，最好遲到得比我還久，這樣就不會被他白眼了。

□

討厭，這個紅燈也太久了吧。

站在十字路口我已經看到樊書俊的車停在轉角，我看看錶，再兩分鐘我就遲到二十分鐘了。想也知道會被樊書俊白眼——

「世妍。」

「你，你怎麼在這兒？」我離開辦公室的時候你明明就還在座位上啊。

倪君猷預防性地伸手拉住我，「跟我談談。」

「不行，我還有事。」

「我也有事，很重要的事，」倪君猷深深地望著我，緩緩說道，「這裡人來人往，這樣拉拉扯扯真的很不好看。」

我猶豫了一下，甩開他，「我先傳個訊息，有朋友在等我。」

「好。」

倪君猷後退了一步，這時剛好有一群會計部的女生走了過來，我和倪君猷只好同時往騎樓下閃避。

——抱歉，我有點事，你先去餐廳等我，到了跟我說你在哪一家。

樊書俊很快就回傳。

——不急，我一樣在路口等。

——OK。

我將手機收進皮包，抬頭看著倪君猷，「你到底有什麼事？」

「很明顯妳在生我的氣，我想知道是為什麼。之前還好好的，不是嗎？」

倪君猷語氣相當和緩。

我搖搖頭，「我是對我自己生氣，不是對你或任何人。」

「妳為什麼要對自己生氣？」

「你為什麼要問？」

倪君猷注視著我，「因為我關心妳。」

「謝謝你的關心，但這是我的私事，目前不想跟任何人談論。」

「今天中午，我看見妳走進星巴克。」

「然後呢？」

「等妳的人是以臻。」

「喔，你看到了，很好。」我聳聳肩。

倪君猷擰眉，「以臻跟妳說了什麼？妳見完她之後才變得很不開心。」

「她說，有個你們共同的朋友，在信義威秀巧遇我們，就是在你換票時跟你寒暄的人吧——其他沒什麼。」我回望著倪君猷，「那個人，又跟你說了些什麼呢？」

倪君猷不語，半晌才說，「如果，妳是要問我知不知道喬世妍是誰，那麼我可以告訴妳，不必那個人說，我早就猜到了。」

我一怔，「什麼意思？」

倪君猷搖搖頭，「世妍，妳是誰這重要嗎？」

「我是誰不重要，重要的是你知道但卻裝不知道。」我靜靜地說。

「因為一開始我不確定，是不是真如我想的那樣。後來確定了，又覺得，應該等到妳想說時自己告訴我——這樣有什麼錯？」

我咀嚼著倪君猷的話，一會兒之後說道，「你現在知道了，然後呢？」

倪君猷攤開雙手，表示無害，「妳是不是慶恆泰的千金小姐，對我來說不重要。」

「是嗎？」

「重要的是在我知道之前，已經看見妳了。」倪君猷認真而失落地問道，「難道妳覺得，我是為了攀龍附鳳才接近妳的嗎？」

「我無法回答你這個問題。」我咬咬牙，說道，「我從小就被教導，有價值的是我的家世，不是我本人。」

「我不知道教導妳的人是誰，但是那個人太殘忍了。」

「也許吧，不過我知道，那是因為這個世界的真實樣貌更加殘忍。」

倪君猷凝視著我好一會兒，不語。

我換上輕鬆一點的表情，笑了笑，「你知道，公主所受的教育跟常人不同。懷疑，是所有的基礎，生存的第一課。」

「我不喜歡這樣的喬世妍。」

「我比你更不喜歡，而且也不願意讓這部分的自己出現──」我垂下眼，「但是能怎麼辦呢？其實這樣的我一直都在，以前不會，以後更加不可能消失。」

倪君猷走向我，雙手握住我的肩膀，我抬起頭，視線與他的相交。

「如果我成為王子，是不是就能讓公主從這麼殘忍的束縛裡解放出來？」

「殘忍的束縛？」

「對，那句『魔咒』，說**妳的家世背景比妳本人更有價值**的魔咒。」

我稍微掙扎了一下，抖開他的手，「我不知道，是真的，不知道。」

「妳不打算給自己一個機會？」

「我的朋友還在等我，以後再說吧。」我不想觸碰這個問題，一點都不想。

倪君猷失望了，但仍點點頭，「我希望妳不要拒我於千里之外，對我而言，妳就是喬世妍，跟什麼豪門一點關係都沒有。」

我扯扯嘴角，但笑不出來。

就在我穿過斑馬線時，仍聽到倪君猷毫不在意路人眼光地喊著——

「妳就只是妳，喬世妍！」

□

很難得上車之後樊書俊一句酸我的話都沒講。

他不發一語開著車，在市區裡轉了一會兒，接著開上高架橋。

我趴在車窗旁，看著天色漸暗後許許多多高樓大廈亮起燈，今天天空清朗，暗紫藍色的天空沒有一絲雲。

Give the word a chance to say
That the word is just the way
It's the word I'm thinking of
And the only word is love

It's so fine it's sunshine

It's the word love

「欸，」我還是看著車窗外，「你才幾歲，幹嘛聽什麼披頭四啊？」

「妳好意思說我。妳還比我小呢，怎麼知道這是披頭四？」

「……這張專輯是哪一年的？」

「一九六五。」

「一九六五……這張專輯比我大了……」

「二十八歲。」樊書俊替我答道。

「對耶。你數學好好。」

「白痴。」

「欸不要老罵我，就是一直被你罵才這麼笨。」我嘟囔著。

「妳哪裡笨了？」

「一直叫我白痴，又問我哪裡笨，你都不覺得自己很矛盾嗎？」

樊書俊很難得地沒吼也沒兇，只是語調帶著笑，「叫妳白痴跟覺得妳笨是兩回事。可以同時並存，而且不矛盾。」

「最好是。」

「妳不也是這樣？」

「哪樣？」

「把人格一號白痴喬世妍跟人格二號公主喬世妍分得很清楚。」

「那我現在是哪種？」

「現在嗎，就我了解，是人格二號世妍公主吧。」

「人格一號和人格二號到底哪裡不同了？」我還是趴著看窗外，「你可不可以解釋給我聽？」

「人格一號的白痴喬世妍就是日常版的喬世妍，至於人格二號的公主喬世妍就不一樣了，會展現出十足的自我防衛機制，還會變得精明而且有殺傷力，這個時候就覺得妳果然是會長的孫女。」

哇靠（對不起我知道我沒氣質）。

「樊書俊你是從哪時開始得到這個結論的？」我終於轉身，並側著頭看他。

他還是那張冷俊無比的臉，「第一次見到妳的時候。」

「……那很久了耶。」我少女時代才沒有公主人格（應該啦）。

「聽說會長有段時間對妳很嚴厲，公主喬世妍大概就是那個時期形成的吧。高高在上，不可冒犯，而且還得學習多疑和冷血。」

我瞇起眼，「可是，你應該從來就沒看過我那一面才對。」

開玩笑，我隱藏得多好啊。

不知道多久沒讓公主人格（這什麼鬼）出現了。

他勾勾嘴角，不置可否。

樊書俊比想像中更了解我——這讓我非常意外。

「肚子餓了吧？」樊書俊忽然換了話題。

「還好。」

「要人家請吃飯又說還好——耍我？」

「是因為有事要跟你說啦。」

「最好是重要的事，不然妳賠我加班費。」

我笑了出來，真心地，第一次覺得樊書俊有討人喜歡的一面。

是說，現在才覺得他討人喜歡，那我當年到底為什麼喜歡他？

□

後來又去吃麻辣鍋了。

總覺得在這種時候，吃點熱辣辣、充滿刺激的食物應該會不錯。

當我這樣跟樊書俊說完後，這死傢伙竟然跟服務生說，不要鴛鴦，直上整鍋麻辣湯底就好。

「——欸！沒有清湯怎麼吃啊？」我叫道。

樊書俊冷道，「妳不是要刺激嗎？吃麻辣鍋還過清湯，哪裡刺激了？」

「你——」

「好了，有什麼事快點說，我晚點還是得再去公司做點事。」

我嘟囔著，「最好是有這麼忙。」

「妳以為我跟妳一樣，弄弄文件就好了？」樊書俊這下不冷酷了，正色說道，「最近公司有個很重要的標案，我們跟楊氏重工一起聯手投標，這案子如果成了，第一年最少有三十幾億進帳，之後是每年十億左右的營收，這麼大的案子不跟緊，那還得了。」

「我都不知道你這麼厲害。」我咬著筷子，想了想，決定切入重點，「欸，我上星期六不是和倪組長去看電影嗎？」

「別跟我說到今天你們就交往了。」樊書俊竟笑了，但那笑容有夠恐怖。

我忍不住說道，「你別鬧了！而且你笑得好陰森。」
「好，好，繼續。」
「在信義威秀那邊遇到倪君猷認識的人，結果，那個人知道我是誰，就告訴他了。然後倪君猷今天跟我說，他早就猜到我可能是……喔還有，劉以臻也知道了。」
樊書俊以一種我從沒見過的嚴肅神情問道，「劉以臻為什麼會知道？」
「那個知道我是誰的人，是倪君猷和劉以臻共同的朋友，而倪君猷跟劉以臻以前交往過。」
這時服務生端來了一整鍋紅通通的麻辣鍋底，光看我就覺得舌頭發麻了。樊書俊沒說話，靜靜把食材放進鍋裡。明明是男生，卻老是放些青菜豆腐什麼的。
「……你都不放肉嗎？」
樊書俊瞧了我一眼，「現在是聊火鍋食材的時候嗎？」
「喔唷。」人家順口問一下也不行喔？
「倪君猷知道妳是慶恆泰的千金之後，說了什麼？」樊書俊單刀直入。
「呃、大概就是身分不是他想約我的原因，之類的。」怎麼說出來就覺得好尷尬？
「妳自己覺得呢？」
我搖搖頭，「不知道。」
「我相信妳不知道。但妳至少會知道，妳傾向於相信，還是不相信他。」
這真是個好問題。
我相信樊書俊你真的很會抓重點。
結果我再度搖頭，「這我也不知道。有一點想相信，可是又覺得如果相信之後被騙，真的很慘——你覺得是因為我太沒自信的緣故嗎？」
樊書俊皺眉（依舊如此賞心悅目），「對什麼事沒自信？」
「愛情啊。就是，人家喜歡的是我的家世，不是我本人……這種想法。」
樊書俊不置可否，看了我一眼之後移開目光，「以前那個柳在軒跟妳交往的理由是什麼？錢嗎？」
「……」你到底要我糾正多少次啊？！「人家姓楊……」
「妳還沒回答我的問題。」
「他喔，他家自己也不缺錢，所以應該不是吧。而且搞了半天人家也沒多喜歡我，超悲哀。」

「他沒多喜歡妳？」樊書俊追問，「什麼意思？」

「字面上的意思。喂，這麼傷自尊的話你一定要逼一個女孩子親口說嗎？沒禮貌。」

「那這次的倪君猷呢？」

「就說我不知道了。」

樊書俊嘆了口氣，「那好，妳自己問自己，妳喜歡他嗎？」

我想了想，「還好吧……當然不會討厭，才願意跟他一起出去……至於深入交往什麼的，我是真的沒想過。拜託，才一起看過一部電影就要說喜不喜歡，也太奇怪了吧？」

「當年妳不是連一部電影都沒和我一起看過就來告白了？」

「樊書俊！」

「其實妳是因為特別喜歡我的名字才跟我告白的吧。每天不叫幾次很難過的樣子。」

我眯起眼，「欸，你不是高冷毒舌王嗎？什麼時候開始油腔滑調了？」

他勾勾嘴角，「我不能跟妳一樣也有人格分裂嗎？」

「所以樊書俊二號其實是痞子王這樣？」

「不滿意我可以切換回來。」

「不是不滿意，只是不習慣。」

「我也不習慣喬世妍心事重重的樣子，那各退一步，一起恢復正常吧。」

這時我才明白，這傢伙拐了這麼大個彎要讓我回復心情。

「欸，其實你人不錯。」我說。

「妳想太多了。」他還真的說回復就回復，又開始高冷冰山臉了。

我把送上來的安格斯黑牛扔進鍋裡，「……我覺得很累。」

「嗯。」

「而且也沒預期在『微服出巡』期間還碰上感情的事……」

「那是因為妳古裝劇看太少，微服出巡最好是不會談戀愛。」

「講得好像你都有在看一樣。」

樊書俊看著我把涮熟的牛肉夾進碗裡，說道，「我覺得妳可以把事情單純化一點。」

「單純化？」

「妳只要考慮妳對倪君猷有沒有好感就可以了，其他事暫且不論。」樊書俊淡淡地說。

看著樊書俊這麼淡然的表情，忽然間我有種輕微的失落。

能夠這麼理性跟我談論這些，果然我在樊書俊的心裡是沒什麼地位的吧。

一旦這個念頭浮現後，我又問自己——

都已經過了多少年，我還在意自己在樊書俊心裡的地位，這不是很奇怪嗎？

他甚至連前男友都算不上，我還在糾結什麼，期待什麼。

難不成我還以為他會突然說**不可以喔，妳是我的**這種小說台詞嗎？

可惡，欺騙我青春少女心的作者糖醋魚！我絕不原諒妳！

「……我突然想到一件事。」我說。

「什麼事？」

「樊先生，我好像從來沒聽過你戀愛的消息。」

「那怎樣？」

「你對女生有興趣嗎？」

樊書俊狠狠瞪我一眼，「那天在我家已經說過我是異性戀。」

「喔對。」我都忘了，「那你到底喜歡什麼樣的女孩子啊？」

「問這幹嘛？」樊書俊沒好氣地瞪著我，「自己的事嫌不夠煩，連別人的也要攬來一起煩嗎？」

我哼了哼，「因為有人想對你下手，我才好奇問一問的。」

「不稀罕。」

「欸你好歹有點好奇心、至少問一下是誰嘛。」

樊書俊冷瞧著我，「誰我都不稀罕。」

「你不要仗著自己帥就這樣眼高於頂。」

「……最好我是眼高於頂。我眼光非常不好，爛到我自己都不能接受。」

哇，怎麼感覺有八卦！但在同時，也有一點點小心酸的感覺。

原來這個死傢伙竟然有看上的女生。

「欸欸什麼意思，你快點說，什麼叫『爛到你自己都不能接受』？」

「就是字面上的意思。妳燙的肉都冷了還不吃。」

「太辣了啦。」我把筷子一推，「明知道我怕辣。」

「怕辣又想追求刺激，現在還是我不對了？」

「姓樊的你不要扯開話題，快點跟我說嘛——你到底看上怎樣的女生，讓你覺得自己眼光很爛？」

「不要。」

「小氣耶你。」

「妳第一天認識我嗎？」

我托著腮，「那我三哥知道嗎？」

樊書俊目光一閃，「他知道。但他有把柄在我手上，妳不用白費力氣去拗他，他不可能說的。」

「……有沒有必要這麼絕啊？」

「失禮了，就是這麼絕。好了現在快把肉吃掉，別浪費我的錢。」

「煩耶。」

「——妳再說一次。」完全兇狠起來。

算了，我怕了你。「吃就吃嘛，兇巴巴。」

□

後來吃得又是眼淚又是鼻水的。

原來沒涮過清湯的麻辣鍋食材這麼恐怖，一次就怕了。

最後實在辣到不行，只好一直含著冰淇淋。

樊書俊看著我的狼狽樣，竟然還一臉看好戲的表情。

樊書俊啊樊書俊，你一天不被我怨恨你是會睡不著嗎？

送我回家的路上，我想了想，還是告訴樊書俊以臻對他有興趣的事，結果他完全沒當一回事，只丟了一句「這女的心機真重」。剎那間我竟有點安心，可是對於自己為什麼會覺得安心感到不解，感到一點小內疚。

同時更覺得，自己糟糕透頂。

我就這麼希望樊書俊一輩子不交女朋友嗎？

是這樣嗎？

更奇怪的是，整個晚上我所揣想的竟只是樊書俊喜歡的女生類型，反而把倪君猷的事就這樣拋在腦後。喬世妍啊喬世妍，妳根本還沒走出樊書俊的陰影嘛，都多少年了，明知道不會有結果，還自己一個人在那邊糾結來糾結去的，真是沒救了妳，徹徹底底的沒救了。

□

「……那我上去了。」我對樊書俊說道。

他站在路燈旁往上眺望，問道，「嗯，最近沒再發生什麼騷擾的事了吧？」

我搖搖頭，「原本的周小姐跟她男朋友瞬間搬走，房間又瞬間租出去，短短兩天喔。更神奇的是，我從來就沒見過新房客，一切都很詭異。」

「有什麼好詭異好神奇的，這裡本來就一房難求，再說也許人家作息時間跟妳不同——」

「啊唷！樊先生！你回來啦！」房東太太從巷子另一端走了過來，熱切地搓著手，乾瘦的臉上堆滿笑，「——咦喬小姐妳也回來了，真是巧啊！之前還沒介紹你們認識，不過沒關係，我就說嘛，年輕人在走廊上打過幾次照面就自然而然變熟了。」

我一頭霧水，轉頭看向樊書俊，「……你認識我們房東太太？」

房東太太搶在臉色蒼白的樊書俊前說道，「喬小姐妳說笑哩，啊樊先生不就妳隔壁的新房客，當然嘛認識我啊。」

「樊書俊？你，是我隔壁的新房客？」現在是整人節目嗎？！

房東太太看看我又看看樊書俊，好像終於察覺狀況有點怪，於是笑容稍減，「欸，那個，我還有事要找四樓的房客，你們慢慢聊啊！」

等房東太太以迅雷不及掩耳的速度打開一樓鐵門閃身入屋又關上門後，我才緩緩轉過身，雙手抱胸望著樊書俊。

「……所以現在是？」

樊書俊略沉默了一下，才開口，「妳隔壁房是我租的沒錯。」

「樊書俊！」我訝異地叫了出來，「你幹嘛這樣？」

「杜絕類似的事發生。」他冷道。

「是我三哥叫你做的，對吧？」我皺眉，「——我明白他是好意，可是萬一被奶奶知道的話——」

「都已經去住了幾天豪華飯店，現在才來煩惱被會長知道，是不是遲了點？」

「……喔唷。」我從包包裡翻出手機，「你等一下，我打給三哥。」

「打給他幹嘛？」

「跟他談一談。」

樊書俊突然伸手攔住我，沒好氣地說道，「不用打了。不是他。」

「不是他？難道你直接受命於我奶奶嗎？」我改找奶奶手機號碼，「那我打給奶奶也行，乾脆就讓她放我回家好了，幹嘛這樣浪費錢。」

樊書俊臉色更難看了，「別打。」

「我不會連累你的啦。」

「我叫妳別打。」樊書俊抽走我的手機，轉身背對著我，路燈下他的影子拉得好長，黯淡而薄。

我有些不悅，但同時也覺得他怪怪的，「欸，你這種行為很沒禮貌。」

「這房子是我租的。」他淡淡地說道。

「我知道啊。」

樊書俊仍背對著我，我聽到他嘆了口氣，「沒有其他人命令或者授意，是我自己決定的——這樣妳滿意了沒？」

我呆了呆，心中混亂成一片。「可是……所以……你是因為擔心我……」

樊書俊轉身，把手機塞回我手中，不願看我，「我先走了。妳好自為之。」

話聲剛落，樊書俊就已閃身上車，不到幾秒就揚長而去——

樊書俊，其實你不用這樣飛也似的逃走，因為我根本被你嚇傻了，別說追上你，我連動都動不了啊。

□

——喂？

——哥你有空嗎？

——還好，怎麼啦？發現工程部有什麼詭異動靜了是吧？

——並不是。

——妳這臥底看來有點混。

——喔唷，那不是重點啦。問你喔，上次我去住飯店的事，其實不是你安排的對吧？

——……問這幹嘛？

——樊書俊露出馬腳了啦。

——是喔，啊哈哈哈。那傢伙……既然妳已經看穿，那我也沒什麼不能承認的，對，沒錯，我根本不知道妳發生什麼事，是接到妳電話後我才覺得怪怪的，打去問書俊。飯店啊他家鑰匙啊都他自願的，我可沒叫他這麼做。

——是喔……

——那傢伙不知道多擔心妳，前兩天還跑去家裡把妳那隻叫小紅還小黃的貓偷帶出來不是嗎？他送貓回去時被奶奶痛罵一頓，超慘的。

——人家是小白啦！等一下，你說……小白不是奶奶叫他帶來給我看的？

——拜託，妳第一天跟奶奶一起住啊？我們則天女皇那種個性，哪可能這麼善心。反正書俊他喔，唉沒救了啦。

——幹嘛這樣說他，他照顧我也是因為你們的交情啊。

——屁啦！

——欸！

——Sorry 一時激動……

——欸我問你。

——又幹嘛？

——樊書俊有交過女朋友吧？

——有啊，大學時吧，交過兩三個。幹嘛？

——那我怎麼都沒聽說？

——都很快就分了，根本還沒看過他們走在一起就聽說分手了。

——是喔。那他到底喜歡哪種女生啊？

——喬世妍妳問這個要做什麼？有種東西叫兄弟義氣，我不會出賣兄弟的。

——哎唷沒有要幹嘛啦，就是，我有同事喜歡他，託我牽線。

——拜託妳別幹傻事好嗎？誰牽線都可以，就妳不行。

——為什麼？！

——因為……妳很煩耶，我說過我義氣為重，不會出賣兄弟的！

——可是，你剛剛就已經出賣他了喔。

——什麼？！

——飯店的事我只是懷疑，根本沒證據，多虧了你自白。

——喬世妍妳——

——所以，三哥你就認命吧。

——我說喬世妍啊喬世妍，妳既然都這麼聰明伶俐懂得套妳哥哥我的話了，難道就猜不中為什麼書俊那傢伙什麼都不讓我說的原因嗎？妳到底是真聰明還是假智慧啊？唉，妳以為知道一切又不能說，很舒服很好玩嗎？不跟妳說了，自己用腦袋好好想想吧。

——喂、喂！先別掛啦！

——又幹嘛？我說了兄弟道義為重，我是講義氣的人，別再逼我了喔。

——不逼你，但有個細節要確認……

——什麼細節？

——你所謂的『他家鑰匙』是怎麼一回事？

——就字面上的意思啊。

——那我再問最後一句就好……你知道樊書俊家的鑰匙長什麼樣子嗎？

——媽的誰知道啊，我們是兄弟可不是基友，最好是知道他家鑰匙長啥樣。還有，拜託妳也稍微長點知識，樊書俊住的地方是高級社區耶，這年頭高級社區誰還在用鑰匙、都嘛改用電子鎖、門禁卡不然就指紋辨識了！

——噢！

——好啦，不說了，Bye！

掛上電話後我坐在床邊發愣。

手機螢幕閃爍著，倪君猷傳了好幾則訊息給我。

但現在他的名字對我來說很遙遠，模糊不清。

我看著被我隨手扔在小櫃子上的夢幻少女風馬卡龍鑰匙圈，上面有這裡的鑰匙，有家裡的鑰匙，還有一張黝黑的門禁卡。

「這張門禁卡又是什麼？我本來沒這張的。」我舉起鑰匙圈上扣著的一張黑色門禁卡，「也不是公司的，這是什麼？」

樊書俊透出尷尬神色，過了好一會兒才答道，「那個，備而不用。」

「備而不用？什麼啊？」

「總之，需要的時候就會派上用場。」

「那你不該給我門禁卡，應該給我提款卡才對。」

「還我。」

「等一下，這到底是哪裡的門禁卡？」烏漆抹黑的，可是又有點似曾相識。「啊！我知道了！」

樊書俊注視著我，「妳知道？」

「三哥家的，對嗎？」

「……他家最好只靠一張門禁卡就進得去。」

「……也是，他家明明就要刷指紋。」我反覆看著這張似曾相識的門禁卡，忽然又想到了，「樊書俊……這，該不會是……」

原來，是樊書俊家的。

我揉揉鼻子，好幾股不同的情緒在胸口亂竄。

樊書俊，真的對我好。

我很可以確定這點。

但是，他，為什麼要對我好？

因為我是慶恆泰千金、梅家繼承人之一？好朋友的妹妹？同情心大爆發？

當然也有別種可能，可是，我不認為會是『那種』可能。

——很抱歉，我這輩子都不會喜歡妳。

那傢伙明明就是這麼說的，對吧？

□

那天晚上做了個夢，短而蠢。

夢裡我拚命地織著很醜的圍巾，很怕趕不及在聖誕節前告白。

不知道為什麼，夢裡的樊書俊身影模糊，然後他身邊跟著兩個女生，一個是高中時本來跟我很要好，但後來被樊書俊打槍之後就開始排擠我的女孩子；另一個是劉以臻。在夢裡，車站前有著金色星星的超大聖誕樹下，我抱著那團很醜而且沒織完的圍巾，看著樊書俊左擁右抱的背影發愣，說不出話，也無法移動。

……真是有夠爛的夢。

□

「……真的，爛到爆。」

我揪著皮包肩帶，不自覺地嘟囔著，一面快步衝向電梯。

就在電梯門快關上前，有人用公事包卡住了電梯門縫，很戲劇的那種，於是電梯門被彈開，西裝筆挺的倪君猷就這麼跨進電梯。

當他看見我時，顯然吃了一驚，但我和他之間已隔著好幾人，因此並沒有說到話。而我，直到看見他的臉，才突然意識到，他昨天傳的所有訊息，我一通也沒讀。這下真是……

電梯到了二十五樓的業務樓層時，人群瞬間少了九成；到二十七樓時，很不幸地只剩我、倪君猷和另一個雖然戴著耳機但讓大家依舊聽得到 Wiz Khalifa 隱約歌聲的男生。

倪君猷知道那個男生不會聽到我們的對話，於是輕輕開口，「妳不會封鎖我了吧？」

「呃。我只是有事在忙……」我垂著頭，但卻看到他之前受傷的手，「你的手好點了嗎？」

「好多了。」他舉起手笑笑，「手帕我洗好了，等等還妳。」

「喔，那個啊，沒關係的。」

「要留給我當定情信物的意思嗎？」倪君猷揚起溫暖明亮的笑容，如畫中人物的好看長相，非常吸引人。

詭異的是，我一點也沒被吸引到。

這樣不對吧？完全不正常啊喬世妍，再怎麼樣應該也要被這笑容迷惑個幾秒鐘才對嘛。

我禮貌地笑了笑，沒有回答。

「我想，我好像太心急了。」倪君猷看著我說道，「是不是有點嚇到妳？」

「……」我猶豫了一下，盡量輕聲地說，「說真的，我有點不知所措。」

「不知所措？」

就在這時，二十九樓到了。

我和倪君猷一前一後走出電梯，沒想到一出電梯就看見楊在軒和樊書俊兩人沉著臉在說話。當然，他們一看見我和倪君猷，便馬上打住。**如果這時有顆飛彈什麼的擊中這裡，那一次就會掛掉三個極品耶，好可怕。**不對，喬世妍，妳在亂想什麼？！正經一點啊喬世妍！可是，想追我的人、初戀男友、第一個喜歡上的人現在齊聚一堂，會亂想一通是很合理的吧……

「我想，這個案子需要再重審一次目前的資料。」最先恢復正常的是楊在軒，他當作不認識我般，繼續跟樊書俊的話題，「還要麻煩樊副理再把資料CC給我。」

「沒問題。」樊書俊向楊在軒伸出手一握，表示談話已告一段落。

我刻意放慢腳步，想見識一下兩位男神握手的瞬間會不會有什麼耀眼光芒出現——結果，腳步一亂，就這樣絆倒——

唉喬世妍，這次不用別人說，妳真的沒救了。

但是，這同時伸出來的三隻手是怎麼一回事——喔好，現在剩兩隻手。樊書俊這個冷血無情男已經瞬間收回手而且還後退了一大步。

後來我搭上的是楊在軒的手。

楊在軒用力把我拉起，就像以前。

但現在的他，只是客氣笑笑，「小心點。」

「謝謝。」我順了順制服裙，重新揹好皮包，走向工程部。

走進工程部時娜娜用有史以來瞪得最大的眼睛看著我，還用資料夾擋住臉。

我放下皮包，在座位上坐下，娜娜馬上把椅子滑向我，「欸妳紅了。」

「我？」

娜娜扔下資料夾，抓來她的手機，滑出照片給我。「世妍，妳完蛋了，妳現在是全慶恆泰女性員工公敵了，恭喜啊！」

「什麼啦？」

我拿過娜娜的手機一看，是兩三張在信義威秀跟倪君猷等電影開演的照片。

我的天哪。這是我第一次這麼痛恨智慧手機的照相功能。

現在手機照相功能這麼好是要幹嘛啦，生氣！

「妳也太厲害了，才調過來沒多久，就跟我們倪組長——」

「也不過就去看場電影，什麼都沒發生好嗎。而且，這個是誰傳的？」

娜娜聳聳肩，拿回手機，「法務室的曉雲傳給我的，後來連總務課的瑋君也傳同樣的給我，看來很多人互相轉傳吧。」

「我跟妳說，那個真的沒什麼，不是大家想的那樣。」倪君猷應該是要追我沒錯，但是現在根本八字都沒一撇。

「是嗎？」娜娜一臉不相信，「會計部的女生也說還看到妳跟倪君猷在路上拉拉扯扯哩，就在公司附近的十字路口喔——而且還不止一個人看到。」

我皺起眉，正要繼續澄清時，突然聽到從經理室傳出來幾聲暴吼。

「哇怎麼了？！」娜娜嚇得連手機都掉了，「我的 iPhone！」

我從座位上站起，按住娜娜的肩，「冷靜點。」

「剛剛那個叫聲，是陳經理嗎？」娜娜不可置信地望著我。

「我也不知道。」

我看著最靠近經理室的幾個座位，那是第一組的區域，大家都和我跟娜娜一樣好奇又不敢貿然行動，只有一組組長因為座位最靠近經理室而輕輕站起，猶豫著要不要探頭。

我猛然想起三哥要調我來工程部的理由，於是很快地梭望著四周——在整個工程部裡，唯一沒對經理室那聲暴吼好奇的人，只有一個；而他，不知為何，正以極冷漠嚴肅的神色盯著自己的電腦螢幕，一手從主機上拔出一只精巧的隨身碟。

極輕緩地我退到工程部門口，撥了手機給三哥。

——喔妳很煩，我說過我不會出賣兄弟的！

——你這個白痴！誰要問你那個了！

天哪我差點沒跟陳經理一樣暴吼。

——嗯？怎麼了？那是什麼事？

——工程部狀況不對，陳經理在辦公室裡大吼，現在沒人敢進去看，然後，有一個人動作怪怪的。

電話那端沉默了一下，三哥終於換上身為梅家未來繼承人該有的聲音。

——那個人至少是組長職位，對吧？

——對，你怎麼知道。

——抓到了。

——你的意思是……

——妳幫了大忙。先這樣吧，我要聯絡其他事。

——欸等等，你怎麼知道我沒弄錯。

三哥在電話那端笑了，跟平常那種散漫的笑聲完全不同。

——以後再跟妳解釋。再見。

說真的，我曾經一度相信倪君猷的話是真心的。

但現在，我靠在工程部門口，看著他動作，還有他的神情，有種這裡果然是現實世界的覺悟。

說痛嘛，其實不太明顯，更多的反而是帶著失落感的慶幸。

失落的是我的家世終究比我本人更有價值，慶幸的是還沒開始就已經拆穿。我靜靜地望著工程部成員們，終於有人走進陳經理的辦公室。我不知道三哥設了什麼局，也許跟我解釋老半天我也不會懂，但我知道，很多事就在此時此刻告一段落了。

我想我的「微服出巡」可能也差不多到了終點。

娜娜抓著手機，離開座位走向我身邊，跟我一樣站在門外朝門裡看。

「妳在看什麼？」

「看看這畫面有沒有什麼怪怪的。」

「怪怪的？」

我笑了笑，斜靠著門，「沒事沒事，只是覺得氣氛很不尋常，怕被戰火波及。」

娜娜側著頭，看著工程部裡的大家，「是說，倪組長還真冷靜耶……完全不在意陳經理那大聲鬼叫，只顧著做事，超認真啊。」

我看著倪君猷，淡淡附和，「就是說啊。」

「……不過，倪組長是在收東西嗎？」娜娜狐疑地說，「難不成要公出？」

我沒說話，突然想到了小白，想到了奶奶，想到了我在家裡的白色房間，想到了三哥，想到了很久沒見的二哥和討人厭二嫂，想到跟我超不熟的大哥，想到了樊書俊——

「欸我去泡杯咖啡。」沒等娜娜應答我就轉身離去。

衝進茶水間，我打開水龍頭，背靠著水槽和流理台，靜靜地深呼吸。

雖然什麼都還沒開始，但受傷的感覺還是愈來愈強烈。

我從來就不覺得自己有多漂亮多可愛，也不覺得自己個性特別溫柔吸引人，去除掉家世身分不說，我就是非常平凡普通的類型，而且也不聰明。當然我也不是自卑到覺得自己一無是處，但是平心而論，我真的並不特別出色。

如果以小說故事人物來說，我大概就比那個什麼檸檬魚小說裡的女主角還要再不起眼個30％；再加上人生第一次的告白就遭到史上最無情打槍，所以我從來不覺得那種什麼「萬中選一的帥哥看上我」是有可能發生的事。

因此，即使倪君猷展開了攻勢，我也不怎麼覺得心動。

一是基本的防衛意識還在，二是怎麼想都不合理。

但我也無法否認，內心深處的我，仍然有那麼一絲絲想要相信，這個人真心是因為「我」，因為「喬世妍」這個人而動心（我知道我很蠢），而不是因為慶恆泰集團。現在，事實證明我果然太幼稚太天真。

有人推開茶水間的門，是樊書俊。

看他的表情就知道是專程來找我的。

他走向我，伸手關上我身後的水龍頭，還是那張冰山臉。

「中午去吃麻辣鍋。」他以不容拒絕的口吻說道。

我不禁脫口而出。「你瘋啦。」

「我堅持。」

「哪有上班族大中午吃麻辣鍋的？」

「這是一種創意，不行嗎？」

「你自己去。」

「不行，一個人去很奇怪。」樊書俊還是那張撲克臉，不苟言笑。

但聞言我卻笑了出來。

連同眼淚一起。

「你真的想去？」

「對。」

「好吧，」我用手背擦去幾滴水氣，「看在你上次陪我的份上，這次我就勉為其難陪你吧。」

「謝謝。」他轉身要走，但又回頭，欲言又止，過了好一會兒，才說了句無關緊要的話，「……中午，我在停車場等妳。」

目送樊書俊離去後，我轉身從櫥櫃中拿出紙杯和不知不覺已經喝習慣的超難喝化學即溶咖啡，替自己泡了一杯。

一面聞著帶有奶香的咖啡味，一面我閉上眼，想著樊書俊剛剛的話。無關於男女之情，一種極純粹的感謝油然而生。樊書俊從來就不愛吃麻辣鍋，他吃，但我知道其實他不愛，只是為了我，不得不奉陪。

如果說這世界上的男人都是壞蛋都不可信，那樊書俊一定是唯一的例外。

後來，等我回到工程部時，倪君猷已經不在座位上了。

娜娜說，梅副總親自過來找倪君猷開會，兩個人就這麼肩並肩走了出去，進了電梯。

之後陳經理走出了經理室，雖然滿頭大汗，但他一向的苦逼臉突然變得神采飛揚，有了精神。他要娜娜去買瓶台啤，娜娜嚇了一大跳，現在可是上班時間啊，但陳經理表示，這次成功拯救了上看百億的聯合標案，現在非喝一杯不可。

娜娜還是有點猶豫，於是我自告奮勇衝去便利商店，買了啤酒回來，並且替陳經理倒了一杯。

陳經理不敢相信地看著我，我只是笑笑說聲經理辛苦了請用。

已經不再苦逼的陳經理遲疑一下，靦腆笑著，接過啤酒一飲而盡，娜娜和大家開心地叫好。一向給人畏縮感的陳經理，終於揚起那短小八字眉，放鬆地笑了出來。

我回到座位上，不久後收到一通陌生號碼傳來的簡訊。

——**我們世妍公主真了不起，下次一定幫妳多拆幾個吸管套。**

會幫我拆吸管套的也只有一個人，那個好膽跟我勒索高額禮金的傢伙。

難怪楊在軒今天一早就出現在慶恆泰，看來慶恆泰跟楊氏的聯合標案應該安全了，是吧。

我看著手機，不自覺地苦笑。

——不用了，禮金減免一些比較實在。

——那當然，我跟我娘子的機場稅會自理，妳只要出歐洲來回頭等艙票錢就好了，感謝！

——楊在軒你去死啦。

——哈。

□

中午時樊書俊傳了LINE給我，他說很抱歉，他、三哥和陳經理要向奶奶進行這次事件的報告，改約晚上。我選了個OK的貼圖傳過去，但他沒有讀，應該真的很忙。傳完訊息，我抬起頭，倪君猷的公事包和西裝外套都還在他的座位上，他仍沒有出現。

吃飯時間我跟娜娜一起到樓下的員工餐廳覓食，後來還碰到了敏晶跟紫菱。我注意到，以臻跟人事部的某個女孩子窩在角落，不知道說些什麼。

□

從洗手間出來時，我被倪君猷嚇到了。

他抓起我的手，也不管全走廊都有監視器，硬是拉著我進茶水間裡。

我奮力甩開他，「你不要太過分了。」

倪君猷注視著我，半晌，「會長他們在樓上開會，研究要不要告發我。」

「……」

「我承認是我不對，急功近利，才會做出這種事。」他顯得十分懊悔，「他們說，只要我能洩露聯合標案的底價，就給我——」

「別再說了。」我不知道為什麼自己還給出這麼溫柔的語氣，「那是你的選擇。」

「我真的苦怕了，我想要以最快的速度賺到錢，賺到足夠的錢。妳知道我以前有多慘嗎?當然，像妳這樣的千金小姐，我再怎麼說妳也不會懂，那種恐懼，那種連一塊錢都要斤斤計較、過了今天不知道明天在哪裡的感覺。」

我當然不知道，但這不是理由。

我沒說話，也不打算去爭論些什麼。

「……世妍，我姊姊生病了，如果我也出事，那就沒人照顧她和孩子了。」倪君猷近乎懇求地說，「妳想想，以結果論，慶恆泰和楊氏的合作案沒有受到實質的影響，現在公司並沒有受到什麼損失……我知道這樣拜託妳很過分，但是……妳能不能求求會長，請她網開一面？！我如果被告、事情一傳開，什麼前途都沒了，以後在這個業界我根本別想有立足之地……沒有公司會再用我了。」

我靜靜地望著倪君猷，我想現在公主人格應該已經完全佔領了這個身軀吧。

我依舊以平緩而溫柔的語氣說道，「像你這麼優秀、聰明的人，我以為在你決定要背叛慶恆泰之前，這些早就考慮過了呢。」

倪君猷的臉色一陣青一陣白，往前踏了一步，想抓住我的手。

我動了一下，他落空了。

倪君猷無力地垂下手，那張以往總是充滿陽光和熱情的明朗笑臉現在變得令人嫌惡而扭曲。

「妳至少應該相信，我是真心喜歡妳。」倪君猷忽然說道，「妳告訴我，妳相信我的真心，對吧？」

我微笑不語。

「世妍，別這樣，拜託……我們本來可以有很好的未來——也許、也許會長知道我們在交往後，會給我一個將功贖罪的機會也說不定！」

「說到這個，」我仍保持著禮貌而親切的微笑，「那些照片是你讓別人拍的？那個在信義威秀『巧遇』我們，還告訴你『我是誰』的人？」

倪君猷一怔，目光霎時閃過一絲驚懼，但隨即反駁，「沒這回事。」

我直視著他，「有沒有都不重要了。」

「世妍——」

離開茶水間之後，我在走道上差點撞上娜娜，娜娜疑惑地看著我，「世妍妳沒事吧？看起來怪怪的，發生什麼事了嗎？」

「嗯，是發生了一些事——我發現我想泡的奶茶已經沒了，好傷心呢。」

「哈哈哈哈，妳很搞笑耶，不然去靠近人力行政課的茶水間看看還有沒有啊。」

「哈，開玩笑啦，我又不喝奶茶。」

「呵。妳喔。」娜娜要往洗手間走去前，忽然停下腳步，回頭看我，「好奇怪，到現在倪組長還沒回來耶。」

我聳聳肩，「我想是個相當漫長的討論吧。」

娜娜似懂非懂地點點頭，繼續以跳躍般的姿態走遠。

看著娜娜的背影，我想的卻是今天晚上別吃什麼火鍋，還是去喝酒比較實在。

□

窩在樊書俊的車上，我像上次一樣看著車窗外的高樓燈光。

音響依舊放披頭四的〈橡皮靈魂〉。

「欸你都聽不膩喔？」

「不膩啊。」

「偶爾也換點別的嘛。」

樊書俊伸手切換，接著傳出來的是我用來當手機鈴聲的〈Happy〉。

Because I'm happy

Clap along if you know what happiness is to you

Because I'm happy

Clap along if you feel like that's what you want to do

「……算了，還是披頭四好了。」我放棄了。

樊書俊看了我一眼，「妳不是說跟倪君猷沒開始，那現在是在傷心什麼？」

「誰說我傷心了？」

「我啊，不然難道剛剛講話的是鬼嗎？」

我沒好氣地轉身瞪著他，「樊書俊！」

「妳還沒回答我的問題。」

「那個跟感情無關啦！」

「那是跟什麼有關？」

「這樣吧，你回答我——你為什麼理我？」

樊書俊顯然被這個十分簡單的問題考倒了，他猶豫了一下，反問，「為什麼問？」

「因為這個問題就是重點。」我繼續趴向車窗，「這世界上，除了跟我有血緣關係的家人、哥哥的好朋友你、勒索高額結婚禮金的前男友之外，大家看到的都不是喬世妍，而是慶恆泰集團。」

「……沒想到對許在軒評價還真高。」

算了你根本是故意的。

樊書俊續道，「不過，妳怎麼知道我看到的是妳而不是慶恆泰？」

「我沒有證據。」這話怎麼聽起來像推理小說，「但是我相信你。如果連你也是為了錢才理我，那我真的沒有什麼存在價值了。」糟了愈說愈想哭。

「小白痴。」

「哪裡白痴了？」

「說出這種話，哪裡不白痴？」

「欸。」

「嗯？」

「我身上沒有很多錢喔。」

「這我第一天知道嗎？」

「那，吃完飯——你可不可以請我喝酒？」我轉頭看著他，厚臉皮問道。

樊書俊瞧我一眼，「妳是想變酒鬼嗎？」

「哼。」

「要是又像上次那樣發酒瘋，我就把妳丟在原地。」樊書俊冷漠地說。

我扮了個鬼臉，「你直接打昏我，我就不會鬧了。」

「欠揍的人很多，但像妳這樣直接開口拜託別人動手的，我真是第一次見到。」

「哼長見識了吧？」

「真的，我認輸。」

□

所謂酒這種東西，真的很詭異。

我想可能是因為我沒有品酒天分，反正不管怎樣我都覺得酒很難喝。

一邊喝我一邊看著樊書俊用手機收發 mail 處理公事，一邊覺得喝酒根本不能解愁，只是愈來愈不爽而已。在兩杯 Aunt Roberta、一杯 Death in the Afternoon 之後，我覺得頭愈來愈重，而且愈來愈想哭。

至於到底為什麼想哭，其實我也不知道。

我是對倪君猷有什麼留戀嗎？

不，並不是。

我想，我是因為又一個人證明了「喬世妍＝錢」這個恆等式而難過吧。

知道自己不特別不吸引人是一回事，知道所有人都是為了錢而靠近自己，那又是另一回事了。也許我該換個角度，利用這種「優勢」，想辦法周旋在許多帥哥間，聽說這應該是比較實際的做法，但我卻不想。

我想起了娜娜、敏晶、紫菱……對她們來說，愛情是很單純的事吧。當然我想每個大人的愛情到了最終都會摻雜許多現實考量，經濟考量，可是再怎麼樣，也不會像我，我的愛情只是被某些人視為能夠少奮鬥三十年的手段而已。

「妳已經喝了不少，該走了。」樊書俊的公事處理到一段落，他看向我，「走吧，我送妳回去。」

「送什麼送啊，你不是就住我隔壁嗎？鄰居先生。那個，呃，叫做『一起回去』才對。」糟了我在說什麼，真的有點昏了。

「我就知道。」樊書俊皺眉，想起身，但我按住他（好吧，其實是趴在他肩上讓他站不起來）。

「等一下啦，我點了的酒還有好幾杯沒來……呃嗯。」

「還有好幾杯？妳到底趁我不注意點了多少？」樊書俊招手叫來調酒師，

指著我，「這位小姐還點了哪些酒？」

長相酷似玉木宏的調酒師一面玩著領結一面說道，「還有一杯 Adios Motherfucker、兩杯 Black Russian、一杯 Jungle Juice。」

樊書俊瞪向我，但他的影子已經開始搖晃，「怎麼點了這麼多？」

偽玉木宏調酒師微笑，「看來這小姐今天很想跟你回家——點的全是處女殺手系列，超容易被放倒的。」

聽到這裡，其實我已經從樊書俊肩膀滑趴到吧檯上了，嘟囔著，「所以我的酒呢？很熱很渴耶，上快點好不好。」

「……如果這是你朋友，你最好等等親自送她回家，這附近排隊撿屍的傢伙多的是……而且看她的樣子，基本上已經不行了……」

「其他還沒上的 cancel 掉，錢我照付。」

偽玉木宏調酒師和樊書俊的聲音開始變得模糊，還有些斷斷續續的。

為什麼我這麼不開心呢？

大家喜歡錢多過喜歡我，很正常啊……

我也喜歡錢啊，所以這些事，很正常……錢比我重要……

「欸樊書俊……」

「嗯？」

「當我的保姆一天你可以賺多少啊？」

「……一天一萬，怎麼樣。」

我努力用手撐起上半身，拍了他一下（其實根本是滑過手臂還胸口之類的），說道，「拜託，我這麼討人厭，你應該收貴一點才對。」

「妳真的醉了，回家。」

「可是酒還沒來……」

「沒有酒了。」

「我明明……」

「我說，回家。」

後來其實到底又說了什麼已經沒什麼印象了。

我好像站不太穩，然後我的廉價高跟鞋被自己踢掉還什麼的。

樊書俊身上的味道有點點像溫和版寶格麗白茶香味，他的西裝觸感乾淨清爽……這個人從以前到現在就是有潔癖……

「……欸我不要回迷你鞋櫃……」

「要去住飯店可以，自己出錢。」

「……去你家啦。」

「我是不是說過三更半夜跟一個異性戀男人說要去他家是很不妥的行為？」

「可是……呃嗯……我想跟小白視訊……」我胡亂掙扎，「人家想要小白嘛……」

「別動！這麼晚小白已經睡了，明天再視訊。明天我幫妳請假，好不好？」

「不要！我等一下就要跟小白視訊！而且我決定今天要住你家！我不要回去睡那張躺上去一翻身就會吱吱嘎嘎叫的破床……」

「妳還挺清醒的嘛，給我下來自己走。」樊書俊忽然停下腳步。

「欸你別站直啊，我會掉下去……」說到這裡，我又開始哭，「……你別丟我下來……」

「唉。真是欠了妳的。」樊書俊重新把我揹好，「奇怪我車有停這麼遠嗎？好了，我不會把妳丟下來，別哭了，等下弄髒我西裝，這件義大利手工的。」

「嗚嗚嗚……連西裝都比我重要……嗚嗚……我的人生沒有意義了啦……」

「拿自己跟西裝比，妳有沒有問題啊？」

「嗚嗚你又罵我……」我輕輕把臉上濕黏的眼淚抹在樊書俊西裝上，抱緊他的肩膀，「……好啦你就儘管罵，反正我認命了啦……但、但是你……不可以丟下我……不可以唷……嗚嗚……」

後來，我彷彿聽到樊書俊嘆了很長很長很長一口氣。

——我不會丟下妳的。

□

樊書俊的車很舒服，好像還是放著披頭四的那張專輯。

這個人真是……都聽不膩嗎？

小白呢？小白在家吧……今天的肚肚是不是一樣肥嫩嫩的呢？

如果世界上沒有小白，該怎麼辦？

如果世界上沒有樊書俊，又該……

我想回家。

真正的家。

也許我就聽話跟什麼豬頭三集團的公子結婚好了。

既然所有男人都是為了錢，那我嫁個同樣有錢的比較不吃虧……

楊在軒你去死……為什麼你找得到真愛我卻沒有……

還頭等艙，貨艙我就幫你出啦頭等艙……嗚嗚……

「樊副理？世妍？」

忽然間一道既不陌生也不算太熟悉的聲音驚醒了我，原本被樊書俊半拖半抱好不容易從他家停車場到了大廳，我霎時清醒了不少。

「劉小姐？妳怎麼會在這裡？」樊書俊冷問。

這時一樓大廳的警衛先生連忙出聲，「樊先生，這位小姐說是你同事，等了你整晚。」

以臻手上提著貌似蛋糕和甜點的紙盒，還有一瓶Dom Pérignon，目光掃過我再掃向樊書俊，再掃回我臉上。

「……這個是，陳經理請我帶過來的，今天工程部的事麻煩你了。」她把Dom Pérignon放在櫃檯上，接著再把甜點紙盒舉起，「這個，我覺得很好吃，想說如果配酒，這家的點心應該很適合。」

這時我才意識到我們的狀況很尷尬。

樊書俊一手托抱著酒味衝天的我，另一手拿著我的皮包和高跟鞋，說真的跟個撿屍男沒兩樣，我呢，就像那條被撿的屍。

我不知說什麼好，想擠出笑容但臉卻不聽使喚。

樊書俊反倒一臉無所謂，淡定地向以臻點點頭，「勞煩妳專程跑一趟，我會親自向陳經理致意，謝謝。」

「我知道了。」以臻微笑著，轉頭向我，「世妍好像醉了呢。」

那笑容令人毛骨悚然。

「劉小姐，辛苦妳跑一趟，晚安。」樊書俊決定結束這場尷尬的相遇，但以臻似乎並不這麼想。

她以極優雅輕柔的步伐走至我和樊書俊面前，看看我，又看看樊書俊，接著，以崇拜的目光注視著樊書俊，溫柔一笑，「樊副理真的很了不起，這麼快就鬥掉了情敵，又讓世妍公主這麼服服貼貼——看樣子駙馬之位真是非你莫屬了，恭喜恭喜。」

樊書俊轉頭，看向櫃檯後正在看我們好戲的警衛先生說道，「這位小姐騷擾住戶，麻煩你處理一下。」

「喬世妍，妳要記得，上床前先問清楚——我們樊副理到底是喜歡妳的人，還是喜歡妳的錢。」以臻冷笑，不待警衛先生勸說便轉身離去。

□

身體不聽使喚，但意識還算清醒。

我想著。

同時窩在樊書俊的雙人沙發上，呆呆的。

樊書俊跟往常一樣把 WiFi 密碼丟給我，我輸入到一半，就這麼把手機扔在沙發上。浴室裡水聲湯湯，樊書俊顯然完全沒把我當異性，毫不在意就進屋洗澡。我想著以臻的話，腦袋裡有團線球怎樣也打不開。

我不知道以臻到底想表達什麼，我也不知道她只是送個東西過來但卻等了一晚上的意圖是什麼，我更不知道，為什麼自己這麼在意以臻對樊書俊有好感。樊書俊是我什麼人，像他這樣的男神沒女生倒追才奇怪，以臻跟大家沒兩樣，試著爭取機會而已，不是嗎？這麼容易理解的事我到底是在糾結什麼？樊書俊自己都說他是個「生理健康的異性戀」了，那跟女生交往也很正常，我又是在難過個什麼勁兒啊？何況，現在以臻跟樊書俊，恐怕「萌芽期」都算不上吧？

我看著樊書俊隨手放在茶几上的Dom Pérignon，突然覺得與其像現在這樣不夠醉也不清醒，腦袋又熱又亂，還不如直接醉倒才是上策。

好吧，我決定「先乾為敬」——

敬，小白肚肚上柔軟的毛，還有這世界上僅存的真愛……如果有的話。

□

——喂！喬世妍，妳到底做了什麼？

——嗯嗯？來，喝酒！你剛剛在酒吧都沒喝，快來喝一杯吧。

——這妳開的？只剩半瓶？！我洗澡也不過十幾分鐘妳就乾了半瓶？

欸欸，妳沒事吧，都已經從沙發滾到地上去了。

——樊書俊跟我喝一杯吧。

——還喝！妳真的是——起來，我扶妳去床上。

——不要，先喝一杯嘛，以後我不會再找你喝酒了。

——我保留這杯，以後再喝。

——不要啦，等你有了喜歡的人、有了女朋友，就不能跟我喝酒了……所以現在來吧，一口氣乾了。

——公主殿下，妳知道妳手上拿的是幾百毫升的大馬克杯嗎？那是泡麵用的妳拿來倒香檳……

——哈，真的耶……

——乖，別鬧了，去睡覺。不然妳跟小白視訊好了。

——就說不要了嘛。你就陪我喝杯酒，又不會怎麼樣。以後……呃嗯……以後等我回去……等你跟以臻交往……就沒機會了……

——胡說八道，再不去睡覺我生氣了。

——你就會對我生氣……陪喜歡你的人喝一杯香檳會死嗎？

——我會陪妳喝，但等妳清醒時，OK？

——我現在很清醒……

——好，那妳現在站起來，走直線給我看，走滿三公尺直線我就喝完剩下半瓶。

——你、你說的喔！我馬上、站、站起來、走、走給你看……

——喂！

□

人生，總是會有許許多多的第一次。

第一次說話，第一次上學，第一次畫畫，第一次喜歡某人，第一次告白，第一次牽手，第一次接吻；以及，十八禁的第一次。

就理想狀況而言，十八禁的第一次應該在一個非常浪漫、華麗、舒適的空間裡，唯美而甜蜜的情況下，跟心愛的人共同度過，之後留下害羞但美麗的回憶。我想每個人的期待都不一樣，但至少我個人比較傾向這樣。

而不是——因為心情不好，爛醉，然後只記得過程中有類似掙扎的行為（更糟的是好像是他掙扎而不是我），搞得自己渾身痠痛，而且動彈不得、記憶模糊、事後懊悔的狀況。

我緊緊捲著被子，咬著唇，瞪著並沒有完全放下來的白色百葉窗簾，驚恐地想著樊書俊到底醒了沒；還有，我到底該怎麼以最快最迅雷不及掩耳的速度，離開床上拿起所有衣服衝進浴室呢？

——啊啊我到底做了什麼啊？！

我應該要假裝沒事，就像一般成熟（？）男女笑笑說昨天的事不要放在心上這樣？

可是我明明就一定會放在心上啊，而且還不知道會糾結多久。

還是要一邊哭一邊叫樊書俊負起責任，不然我就怎樣怎樣？

算了這種事我辦不到，而且他如果還真的願意負責，我也只會覺得他沒必要委屈自己。

喬世妍啊喬世妍，妳怎麼可以這麼魯莽？

我想著。並且發現咬嘴唇實在很痛，改咬被子角角好了。

同時，我也試著回憶，「案件」究竟是如何發生的。

昨天晚上……後來，到底是怎麼演變成這種讓人不知如何是好的狀況呢？

好像我想灌樊書俊酒，他不要，後來叫我走直線，再後來……再後來我才走兩步就抱著酒摔了，唉平衡感真的沒救了……然後……然後他想拉我起來，但反而被我拉住，結果他也倒了，酒瓶好像碎了。再接著……我又開始哭……好像又講到那年聖誕節前跟他告白的事，還說了什麼……我想想……希望樊書俊以後能過得很幸福之類的噁爛話，接著，我就躺在他身上一直哭。再然後呢……我好像又胡言亂語了……樊書俊生氣了，他推開我，後來……後來我也生氣……

嗯，就是從這裡開始。

我在內心哀嘆著。

我這個白痴，也不知道哪根筋不對，好像跟樊書俊說什麼，類似我很沒有魅力之類的抱怨，他當然就安慰我，不過安慰得很隨便，然後我更生氣……覺得他根本就是唬爛我，於是就……

「好啊那你證明給我看。」我抓著樊書俊胸口說道。

「證明什麼？」這傢伙像死人般動也不動，跟我一起躺在滿地香檳裡。

「證明單純以異性眼光來看，我還是有吸引力的。」

「這有什麼好證明的，說有就是有。」

「不管，你證明！」

「我不要。」

「那就是沒有，你騙我。」

「騙妳這個幹嘛？」樊書俊很頭痛似地嘆道，「別再鬧了，現在一地玻璃碎片，很危險的，我要起來清理才行。」

「你證明完我就放手。」

「就說沒什麼好證明的。」

「嗚嗚嗚。」我是真的哭了，也鬆開手，坐在一旁靠著茶几放聲大哭。

「愛哭鬼。」樊書俊坐起身。

我還是持續哭著，我想我真的很糟糕，我想我這輩子絕對沒辦法遇見愛我的人，我想我這輩子大概就只能成為提昇慶恆泰財報數字的婚姻工具，而且以後我老公應該就是那種在外面會養一堆小三，然後跟我在社交場合還得裝恩愛的討厭鬼。

「妳很有吸引力，真的。」樊書俊大概被我嚇到，難得溫柔地說，「但是，哭成這樣，就不可愛了。」

他說得有點遲，因為我雖然聽到，但已經停不住。眼淚像是颱風雨般亂流，加上酒精讓我覺得快要窒息，吸不進空氣。

樊書俊貼近我，伸手替我撥開臉上濕黏的髮絲，輕聲說道，「哭了就不可愛了，別哭。」

但是我沒辦法停，雖然我真的想停下來，但是有股強烈的哀愁正在我的身體裡流竄著，我邊哭邊笑，無聲地笑，樊書俊更靠近我了，掌心貼著我的臉。

我想他一定聞到我渾身酒味。

然後，他吻了我。
接著就——
就天亮了。
噢，我的天哪。

07

樊書俊・記憶的碎片

之一

「聖誕節你們家會辦什麼Party嗎？」我問道。

梅若群叼著筆，「會吧，每年都有辦，不過那種都是應酬用的社交場合，跟我也沒關係。」

「是喔，所以聖誕節你們不在家是OK的，不用在家過節的意思？」

梅若群伸手拿下筆，在桌上敲了兩下，「──老樊啊，你想約世妍就直說好嗎，一直這樣拐個彎問來問去很煩耶。」

我忍著不笑，也沒吭聲。

「難得世妍也喜歡你，你們就趕快手牽手去進行臉紅心跳小初戀吧。」梅若群重新叼起筆，「怎樣，聖誕節是不是要替你約她？」

「……她最近喜歡什麼東西？有沒有什麼想要的？」

「我哪知。你就別浪費錢了，她喜歡的就是你啊，不然你自己在頭上綁個蝴蝶結跳呀跳的跳過去好了。」

「梅若群，你上次數學小考作弊對吧？如果不想讓『消息走漏』，你就好好配合我，知道嗎？」

「哇靠，你講不講義氣啊？」

我勾勾嘴角，「我只對女朋友的哥哥講義氣。」

梅若群瞪著我，「好，衝著你這句話，我今天晚上就把世妍打昏送去你房間。」

「記得別打臉，已經不漂亮了，再打到臉就真的完了。是說，世妍有你這種哥哥還真可憐。」

「笑話，沒有我她能認識你嗎？」

「這倒是。」

「不過，你眼光真的很怪，我們家世妍到底哪裡好了？那麼多漂亮女生你都看不上，就唯獨對世妍有好感……這我一直無法理解耶。」

我聳聳肩，「我也不知道為什麼，該怎麼說呢，就是想常常看著她；即使是同樣無聊的話，她說我就覺得有意思，也會忍不住想逗逗她。」

梅若群翻翻白眼，「你嘛幫幫忙，你回答的是『症狀』，我問的是『病因』

好不好。我問的是『為什麼』，不是喜歡之後有什麼感覺好嗎。」

「……第一次看到她的時候，她好像才剛回你們家吧，那個時候，就對她印象很深了。」

其他的話我不想多談，至少不是現在，而且，我也不是那種擅長剖白內心的類型。就算是再要好的朋友，讓他知道自己喜歡的女孩是誰已經是極限了，什麼理由還是其他細節，我實在說不出口，也不願分享。

不過，當意識到自己喜歡上世妍時，心情倒是滿複雜的。

梅若群問我的問題，我也問過自己。

我想大概就是某次她紅著臉說因為哥哥們都不在，所以請我教她解一題幾何證明的時候吧。不知道她那時是因為害羞還是其他緣故，有些忸怩，但非常可愛。世妍其實和其他喜歡我的女孩子沒什麼不同，總是容易臉紅，見到我就萬分不自在，唯一比較特別的是，她並不會像其他女孩子那樣很努力地想引起我注意，或者過度展現自己。

就像在吵鬧的教室裡，最安靜的那個，反而最突出。

大概是這樣吧。

「煩死了不背了啦。」梅若群啪地闔上書，帥氣地把散落一桌的文具全掃進筆袋，「走吧，去覓食。」

「這裡是麥當勞，你可以在這裡吃。」

「我們已經連吃了兩天麥當勞，你不膩啊？」

「這兩天已經用掉我本週全部的伙食費了。」

梅若群拍拍我的肩膀，「老樊啊，說真的是不是我們家給樊伯伯薪水太少？你怎麼沒一餐吃得飽啊？」

「沒辦法，我們是窮人家孩子，再怎麼樣也不可能天天吃大餐。」

「那你以後跟世妍約會，難不成只能逛夜市嗎？」

「我們是高中生而已，不逛夜市難道去逛精品店嗎？」我說道，「我不覺得她是個勢利的女孩子。」

梅若群難得同意，「這你沒說錯，雖然她在喬家也是過得不錯，但好像沒養成什麼壞習慣，也不太驕縱，只是笨了點。」

「……這麼說來，跟你們梅家好像很格格不入。」

「唉，有我媽在，怎麼可能真的融入我們啊。奶奶又對她很嚴，她在我們家也不容易……有時我還滿感嘆的，如果喬家沒出事，她媽媽還活著，她留在喬家說不定還好一點。」

我沒回應這些，把筆記和練習卷收進書包，「等會兒我要去一趟書局。」

「好啊，反正順路。」梅若群揹起書包，忽然一笑，伸手掛在我背上，「欸透露一個重要軍情給你。」

「怎樣？」

「世妍那丫頭，最近很喜歡馬卡龍。」

「……甜點？」

梅若群高深莫測地搖頭，「我本來也以為是甜點，結果不是，是馬卡龍造型的小玩意兒，手機吊飾、髮夾什麼的，你也知道，小女生，就是喜歡這種五顏六色的東西。」語畢，梅若群用力拍了我一下，「怎樣，我這個未來女朋友的哥哥不錯吧，事成之後，請個兩餐大麥克，不過分吧？」

「你妹就只值兩餐大麥克？以後我要跟世妍說。」

「老樊你喔，哈哈哈哈哈～」

馬卡龍啊，確實都是粉粉嫩嫩的漂亮顏色，難怪小女生會喜歡。

那麼，聖誕節時，送個馬卡龍飾品給世妍吧。

最好是找一天把梅若群甩開，我自己一個人慢慢挑，免得這個大嘴巴的傢伙一不小心就破壞要給世妍的驚喜。

我知道甜點馬卡龍不便宜，不過沒想到馬卡龍鑰匙圈也很貴。更正確地說，應該是價差大。便宜的質感很差，真正細緻漂亮的，果然還是有一定的價位。

選好了一串有三個可愛馬卡龍的鑰匙圈，請店員小姐替我選了個適合的漂亮盒子、包裝紙、提袋，還有一張色彩很搭的卡片。

老實說我竟然在做這種事，我自己都很難想像。

但是，此時的我只想像著世妍收到禮物的樣子，其他什麼事都進不了我腦海中。

在選禮物時書包裡手機不停震動，梅若群不知有什麼事，連打幾通電話，現在還傳了簡訊，八成又要借筆記。結完帳我打開手機，只看到——

——老樊你在哪？我聽我老媽跟奶奶說，好像要去你家談什麼事耶，超怪的，而且她們臉色都很難看，先跟你說一聲。

老爸是梅家的司機，專門替會長（世妍奶奶）駕車，當然平時也幫忙跑跑腿什麼的，他從年輕就跟著當時的老會長（世妍爺爺）工作，隨著慶恆泰集團日漸壯大，老爸也有比較響亮的職稱、不錯的年薪，而且手下還有兩個年輕新司機供他調度。

老爸一向以慶恆泰的「三朝元老」、「忠心家臣」自居，事實上我們家的確受到梅家很大的關照。像是老媽因癌症走之前，所有治療費用幾乎都是慶恆泰集團以特別業績獎金的名目無條件補助給老爸，我們才能支付龐大的醫藥費，也因為這樣，老爸總是對梅家的事非常上心、認真。

但即使是賓主關係已經多年，也從來沒發生過哪任會長親自到我們家去談事情的狀況——再怎麼樣，只要一通電話把我老爸找去就行了，會有什麼事嚴重到需要會長紆尊降貴到我們家來呢？

不管怎麼想，都覺得相當不對勁。

回到家時，樓下已停了兩輛賓利。

當我開門進屋時，映入我眼中的景象，讓我呆立當場——

老爸他，跪在地上痛哭流涕，世妍奶奶扶著他的肩膀，無奈地安撫著；梅若群的媽媽則是雙手抱胸，站在客廳一角，冷冷地望著我爸，接著，她如灰鷹般銳利的眼神看向剛進門的我，接著，她拉長紅豔豔的嘴唇向我揚起笑，但眼神裡沒有一絲溫度。

之二

「你這是什麼意思？」梅若群瞪大眼，「我不懂。」

我試著簡化所有事，「會長在車上講電話，談慶恆泰要併購和陽建設的事，她在那時給出了併購的最終價……我爸有聽到，」我深吸一口氣，試著不要讓老爸那天痛哭認錯的表情塞滿我腦海，「後來那天我老爸下班後跟我二叔喝酒聊天，醉了，被我二叔套話……」

「你二叔套話？是併購和陽的事嗎？」

「二叔買了很多和陽建設的股票，想藉著併購案撈一筆……」我閉上眼，再緩緩睜開，「總之，他自己貪錢還不夠，竟然把這消息拿去換錢。」

「……我是有聽說，好像哪個併購案突然終止，是計劃初期，只損失了兩三億……」梅若群沉著臉，「但那不是樊伯伯的錯啊，他也是受害者。」

「會長雖然不怪他，但夫人很激動。」

「我媽又沒資格干涉公司的事，她既不是董事也不是理事，激動個屁啊？！奶奶沒怪樊伯伯就好啦，她才是會長耶，她沒追究就好了，你別放在心上。做生意嘛，本來就有賺有賠，哪有穩賺的。」梅若群激動起來，「而且這是公司的事，跟你和世妍又沒關係。」

我弓著背，「事情沒那麼簡單。」

「就是那麼簡單。難道樊伯伯跟我們家那麼多年的信任關係，不值那些錢嗎？錢再賺就有了，別看那麼重。而且我奶奶脾氣你知道，她沒怪樊伯伯，這樣就代表沒事了，她也不是會記仇再伺機報復的人。」梅若群說道，「至於我媽，你就當作沒這個人就好，她就愛多管閒事大驚小怪。不然你以為她為什麼被我奶奶踢出董事局？」

我搖搖頭，「話不是這麼說，我爸他很自責，也很難過。耳提面命要我好好讀書，將來無論如何都要進慶恆泰，替他補償慶恆泰的損失。」

「喂，樊伯伯需不需要這麼有責任心啊？兩三億耶，你是要來慶恆泰打工一輩子啊？」

「呵，這麼早就決定未來前途的高中生，很少見吧。」

「媽的樊伯伯太誇張，你也一樣有問題，你們樊家是不是責任心過剩？」梅若群跟往常一樣又把手掛在我背上，「欸，我說老樊，再幾天就聖誕節了，我們家那個白痴世妍最近天天熬夜織圍巾，你要是敢讓她失望給我試試看。」

「那你現在就可以先動手了。」

梅若群抽回手，瞪著我，「你他媽認真的？」

我苦笑，「我現在哪有資格跟世妍在一起？」

「你怎麼講不聽啊？一碼歸一碼，別說樊伯伯其實沒做錯，就算他真的有錯，也跟你和世妍的事無關啊。」梅若群叫道，「再說，如果只是世妍或你單方面有好感就算了，明明就是兩個互相喜歡的人，幹嘛不在一起啊？甲恁爸裝肖維！」

「你別再說了，方便的話就給世妍一點暗示，我不希望她受傷。」

「都在織圍巾要送你了，你覺得我他媽給點暗示她就不會受傷？」梅若群怒道，「媽的我真不知道你在糾結什麼。就算今天不是我妹妹，是別的女生，我一樣覺得你有夠無聊，幹！」

「……我沒辦法跟世妍在一起，」我說，「在完成我爸的要求之前，不可能。」

「你他媽說笑吧，你現在的意思是，如果你到五十歲才替慶恆泰賺完三億，你就五十歲才跟世妍告白、是這個意思嗎？！」

「……大致上是。」

「老樊，兄弟，」梅若群換上無奈又幾分拜託的口吻，「你別傻了好不好，樊伯伯的事跟你真的沒關係，你不需要攬在身上！好，就算你他媽宇宙無敵孝順，要彌補損失也OK，但沒必要把世妍推開啊。今天如果你不喜歡世妍我沒話說，但是你明明就喜歡她，不是嗎？」

我冷著臉，「那容易——從今天，現在開始，我不再喜歡喬世妍了。」

「X你老母，不對，你媽過世了抱歉抱歉——X你個混帳王八蛋！這種事可以這樣的喔？說一句不喜歡就不喜歡？哪有這種事！媽的現在講的是初戀、是沒辦法用理智控制的感情，不是晚上要吃的宵夜，可以說不要就不要的耶！」

梅若群的咆哮引來其他人注意，其中還有別校的女高中生以很大聲的竊竊私語猜測我們是同志情侶在談分手，而且還談得很失敗。

「你以為我這樣很好過嗎？」我苦笑，但我想應該笑得有夠難看，「我連聖誕禮物和卡片都買好了。」

「所以你就照原定計劃跟世妍告白啊！」梅若群叫道，「你他媽我講了這麼多就是這個意思啊不然是在鬼打牆喔？！」

「欸，你真的講髒話愈來愈流利了。」

「我操現在重點是這個嗎？！」

我伸手拍拍梅若群的肩，他不悅地拂開我的手。

我說道，「世妍什麼都不知道，我覺得這樣很好，初戀嘛，這年頭有誰第一次告白就成功的？也許下學期開學她又有其他喜歡的人了，這也說不定。」

「我不要理你啦。」

「你知不知道你這樣回答很娘？」

「你他媽真的要逼我痛毆你就是了。」

我認真道，「說不定被你揍一頓我還好過點。」

「你他媽的。」

之三

我本打算如果世妍是拜託梅若群約我，我就可以輕易擋掉。

但這個傻丫頭，自己傳了訊息給我，我想逃，也沒辦法。

梅若群的話讓我很動搖，其實就像他說的，我跟世妍的事沒必要混為一談，但是最近每天回家看到老爸內疚又難過的樣子，我就無法忽視。說到底我該自私一點嗎？或者就告訴世妍一切，讓她選擇呢？算了，如果告訴她的話，那個小白痴想也知道跟梅若群會說出一模一樣的話。說不定她更蠢，連什麼「那我的信託基金全部給你好了，這樣說不定可以彌補一點」之類的話都說出來。

真是個小白痴。

而我，再過十五分鐘，就要用所能想到最狠的話，來傷害這個一心一意帶著禮物要來向我告白的小白痴了。

從小到大，我時常拒絕女生告白，通常會帶點歉意，覺得不好意思，誠心誠意在心裡謝謝對方（不過從來沒說出口），但是今天不一樣。

我要拒絕的是，自己第一次喜歡上的女生的告白……

附近的補習班清一色是九點半下課，世妍的簡訊說約在站前廣場的大聖誕樹下，我看看錶，不停提醒自己要沉住氣。

I wrapped it up and sent it
With a note saying, I love you,
I meant it
Now I know what a fool I've been.
But if you kissed me now

I know you'd fool me again.

隨著時間愈來愈逼近，我也愈來愈煩躁。

這時附近的店家像是著了魔般不停不停不停重複著 Last Christmas 這首在聖誕節很應景但其實頗傷感的歌。

我將雙手插在口袋裡，來回踱步著。曾經我想過也許能在哪個美麗的冬日用這雙手牽著世妍，我想她會像隻小麻雀那樣嘰喳個不停，我想也許她會撒嬌問說好冷，可不可以把手放進我的大衣口袋……

但是此時此刻，現在，我要做的是讓她死心。

同時也讓我自己，死心。

之四

——我奶奶瘋了，她叫世妍去公司上班。

——會長又怎麼了？

——她說要讓世妍好好看看現實世界的樣子。

——看看這世界有多醜陋，然後覺得失望不開心這樣？

——我不知道。只覺得很沒必要。奶奶說要讓世妍當個基層員工，制服事務員。

——然後呢？會長是希望世妍以後也參與公司經營嗎？

——並不是。奶奶計劃讓她改回姓梅，然後跟某個合作對象聯姻。

——世妍願意？

——哼，最好奶奶會徵詢世妍的意見，你以為她「則天女皇」的外號是怎麼來的？

——梅若群你別事不關己，不能拿世妍的終身大事開玩笑。

——那不然你來搶親啊。反正從你進慶恆泰到現在，談成的大案子已經不止五、六個三億了，就算連利息一起，你還也還夠了、彌補也彌補夠了，我知道你還喜歡世妍，那個傻丫頭我看也沒真正忘記你，你就別猶豫了。

——你少添亂。

——你才少在那邊糾結了。你當年就是因為無謂的自尊啊責任感啊才害世妍那麼傷心，結果自己也內傷，現在還要再讓舊事重演嗎？自尊什麼的又不能當飯吃，你就洗把臉忘了吧。

——我不反對你這麼說，但是，我當年是因為自卑，不是因為自尊，這點請你分清楚。

——自卑什麼啊你？算了討論往事也沒有用。反正呢，現在也不是當初年少輕狂的高中屁孩，都是大人了，別以為我不知道你在想什麼。我跟你說，如果你心裡還有世妍，這次她去公司上班說不定是好機會，不要等到哪天她真的被我奶奶逼著嫁給什麼豬頭富二代你才在那邊追悔莫及。

——……你說世妍什麼時候會開始上班？

——快的話下禮拜。

——我會替你看著她的。

——媽的最好是替「我」！我靠老樊你這傲嬌糾結死個性真是狗改不了吃屎。

——會長知道你平常講話這麼粗俗嗎？

——拜狗仔隊所賜，她現在連我用什麼牌子的保險套都知道了幹。

之五

「書俊啊，你怎麼會在這兒呢？」一股和緩但充滿威嚴的嗓音在我身後響起。

我放下小白，轉身行禮，「會長您好。」

世妍奶奶看了眼小白，推推鼻梁上的老花眼鏡，「奶奶說過，不准帶小白去世妍那兒。」

我垂下頭，「是我不好。」

「你要知道，這樣就失去讓世妍獨立生活的意義了。」世妍奶奶在扶手椅上坐下，「還有，奶奶聽說，你很照顧世妍，她一沒錢就要你請客；還有她租房子的地方遇到變態也是你出面解決的，是這樣嗎？」

看來世妍奶奶放了不少眼線在她身邊。

我點點頭，等著挨罵，「是。」

「──書俊啊，你靠過來點。」世妍奶奶忽然換上更溫和慈祥的聲音，向我招招手，示意我過去。

我往前兩步，但仍保持著一定距離。

「你是不是比若璿、若群還高啊？」她眯起眼，端詳著我。

「我們身高都差不多。」

「都有一百八吧？那，大概就是你太瘦了，怎麼就覺得比若璿若群還高呢。」不知為何，這是世妍奶奶第一次用這麼親切的長輩口吻跟我說話，其實我相當不習慣。「來，你坐下吧，老是抬頭看你，脖子也挺痠的。不用怕，坐吧。」

「是，謝謝會長。」

世妍奶奶看我在末位坐下後，點點頭，又仔細地看著我的臉好一會兒，在那張滿是皺紋且不苟言笑的臉上展現了一絲柔和的笑。這是我第一次看見世妍奶奶微笑，有點驚訝。不過，雖然是則天女皇，但畢竟也是人，人哪有不會笑的。也許是因為財富，因為權勢，才使得她日漸失去笑容也說不定。

「……奶奶看了這兩年的分案報告，光你一個人就替慶恆泰談成了二十幾億的案子，不容易啊。」她再度推推老花眼鏡，半晌後，說道，「你知道嗎，你跟你爺爺，長得真像。」

這話題比世妍奶奶會笑的事更令我吃驚。

爺爺很年輕就過世，他因意外喪生時，老爸五歲，最小的三叔才剛滿月。整個家族沒什麼人對爺爺有印象，唯一的幾張照片，都已經隨著奶奶往生而不知散落何方了。

「您認識我爺爺？」

世妍奶奶又笑了，這次是深刻而無奈的笑，「如果當時父母沒反對，說不定你就是我孫子了。」

「呃，這些事我……」

「別說你，你爸爸和叔叔們都不知道。奶奶也是到這幾年才知道你爺爺就是奶奶掛念了幾十年的人……沒想到他那麼年輕就走了……你知道嗎，你長得跟他很像，真的很像……」

此時的世妍奶奶只是個平凡的小老太太；金錢財富，還有權勢都無法阻止她因往事而傷感。

我不知說什麼好，只好微笑。

「……扯得太遠了，人老了就是這樣，總是不著邊際地繞圈子。」世妍奶奶收起難得流露的情緒，換回嚴肅的女皇表情，「——看樣子，你很關心世妍。」

我不知該如何回話，「總是朋友妹妹，不能不管。」

「她哥哥都沒理她了，你卻插手……」世妍奶奶語氣裡沒有責怪，十分平淡，「那些都是你們年輕人的事，奶奶老了，不想知道也管不動……奶奶要說的就是，如果她到了二十六歲還是單身，那婚事就會由長輩們安排。當然，到時候唯一的考量，就是跟哪家結合對慶恆泰才是最大的利益，而不是她的意願了。」

我沒有應答，只是靜靜垂著頭，雙手交握。

「好了，你回去吧。」世妍奶奶閉上眼，像要假寐般，「剛剛的話，走出這裡就忘了。」

「我知道。打擾了，我先告退。」我起身，拉平西裝扣上。

世妍奶奶抬抬手示意我退下，我行了個禮之後轉身離開。

我在想，樊書俊是不是跟我一樣，早已清醒，只是不敢擅動。

咬完被子（？），我開始玩手指，玩完手指，我開始看著從百葉窗縫隙中射入的白色晨光，直到眼睛有點痠。

我閉了一會兒眼睛，重新睜開，然後過了不到半分鐘，類似手機之類的不明物體無預警地以極大的音量發出了某個人的叫喊聲。

我傻了。

徹徹底底地傻了。

——樊書俊！

——樊書俊！

——樊書俊！

那個，是我的聲音。

我忍不住掀開被子坐起，但又馬上意識到不能沒被子，趕緊拉過來遮住胸口，而還趴在床上的樊書俊裸著上背，這才醒過來。

——樊書俊！

——樊書俊！

「糟了。鬧鐘。」

樊書俊的第一句話是這個，他伸手把床上的電子鬧鐘按掉，接著不知如何是好，只好跟我一樣捲著被子，靠著床板坐著。

「……你對我真的很不滿。」我沒好氣地說。

「什麼？」

「那、那個是我的聲音，對吧？」我揉著額，「你錄的，對吧？」

「嗯。」樊書俊弓著背，把臉埋進手裡，過了幾秒才抬起頭。「我錄的。」

「你很過分，為什麼要用我的聲音當鬧鐘？是覺得我聲音有那麼刺耳嗎？是這樣嗎？」

樊書俊露出不可置信的表情，瞪著我，「喬世妍，我要收回說妳是白痴那句——妳根本不是白痴，是無腦。」

「什麼？」我用枕頭敲向他，被子差點滑掉，「無腦？你說我無腦、你竟敢說我無腦？」

我得承認我其實沒很生氣，因為，一，我本來就很無腦這我不否認；第二點就是，如果此時此刻不做點什麼事，實在很難化解這份尷尬。

「妳不是無腦是什麼？最好有人會把討厭的女生聲音錄起來當鬧鐘。」

樊書俊搶過枕頭，我連忙拉好被子擋住胸口，「那、那你幹嘛這樣？」

樊書俊忽然一陣臉紅，轉過頭不看我，幾秒後再重新看向我，「──我們談談。」

「……談談，是一定要的……」我目光不知該放哪裡，「但是……你不覺得我們應該先洗澡著裝……比較實際嗎？」

樊書俊又臉紅了，他掀開被子下床，但隨即又跳回床上。

「你幹嘛？」

他不看我，「沒什麼。」

「那我……」換我臉紅，「不然我先去浴室。」

「等等。」樊書俊仍舊不看我，大概也很尷尬，「一地碎玻璃，走不過去。」

「那怎麼辦？」

「不知道。我沒辦法思考。」

樊書俊深呼吸著，我知道他不知如何是好，我也是。

於是我們只是呆呆坐在床上，看看天花板看看地板看看窗看看自己的手，但就是不敢看對方。

「世妍。」

「嗯？」

「昨天晚上是我不好。妳那時不太清醒，但是我……我不該在妳意識不清，失去判斷力時……呃……這該怎麼說……」

「噗。」我忍不住笑出來（雖然自己知道實在不該笑）。

「笑什麼？」

果然被怒了。

「沒有。」我抱著膝蓋，小聲說，「我……很早就醒了……然後一直在想，等你起床之後，該說些什麼才好。」

「嗯。」

「但是沒有想到。」我決定坦白地說，「……我沒想過，所謂的，你知道，初體驗會在這種狀況發生……」

「等一下，」樊書俊抱著頭，「我就知道！」

「知道什麼？」

「知道——」樊書俊突然打住，「沒事，妳繼續說。」

我側著頭，「……老實說，我還是一片空白。之所以空白並不是覺得受到了什麼不公平的對待或者是對你、對這個狀況有什麼不滿，主要是因為驚訝。還有，該怎麼說呢……」我試著想找出正確的語句，「想到了，因為，畢竟不是戀人，你懂的，如果是戀人，這種事就……自然多了，也合理多了，對吧？」

「……」樊書俊沒講話，怎麼有種我才是男人，他是女人的感覺。

「我雖然幼稚，但在民法刑法上都已經成年了，雖然我很醉，但是……」天哪我臉一定紅透了，「反正，我要說的是，你並沒有勉強我。」

我不希望你有壓力，更不希望你有壓力之後不見我。

樊書俊沉默許久之後，忽然看向我，我本能地抓緊被子，「你、你表情好可怕。」

「妳看到那個衣櫃了嗎？」

「嗯，看到了。」那麼大座衣櫃最好是看不到。

「那座衣櫃裡，有個抽屜，抽屜裡有個盒子，妳去找出來，打開看看。」

「我嗎？」

樊書俊點點頭，把被子全都給我，讓我把自己包住。

我把一部分的被子當作踏墊，免得被玻璃割傷，又要顧及不能走光，花了幾分鐘才找到一個黑色的皮質盒子。在拿出那個皮盒子之前，我注意到抽屜裡另一個紙袋。那個紙袋我認得，是當年我送給樊書俊的告白禮物，還有卡片。

沒想到他留著。

忽然間又有點想哭了。

我抱著黑色皮盒子和整團被子回到床上。

樊書俊以一種從沒見過的神情看著我，像是下定了多困難的決心般，連聲音都變得幾分乾澀，「打開吧，那是要給妳的。」

我依言打開了精緻的黑色皮盒，裡面有一封信，一張被撕破的空白聖誕卡，一團被揉爛的包裝紙，一個小禮品盒。我拿出包裝紙，還有已經被扯爛的蝴蝶結；接著是小禮品盒，打開之後是空的，但從內裡的形狀，我大概知道裡面原來放了什麼。

我的心愈跳愈快，最後拿起那封信。

我看了眼樊書俊，他微微地點頭。

我輕輕拆開信，展開原本摺得十分平整的信紙，裡面的筆跡有些淡了，但我知道那是樊書俊的字。

我花了點時間看完，好吧其實花了很長的時間，因為一直哭所以根本看不清楚，然後淚水把信弄得更不清楚，結果最後樊書俊受不了，他拿走信紙，攬住我，下頦靠在我頭頂，掌心像昨晚一樣貼在我頰上。

我緊緊靠著他，激動得無法呼吸，心臟就快停止了——

我不知道，我從來就不知道……原來樊書俊……

我一直一直不願意承認，那年的聖誕節，在我心裡留下既深且大的傷口。我總是假裝不在意，安慰自己什麼幸福初戀本來就是小說情節不要相信，但隨著時間過去，我卻只是更深刻的知道，那個傷口從來就沒有癒合過，它只是被時間之紗一層層掩蓋，無法欺騙自己它已經淡去。

……樊書俊的唇輕點著我的。

我知道自己從來沒有停止喜歡他，只是被傷得重了，學會別太靠近、學會假裝無視罷了。我更知道自己在聽到奶奶要我來公司上班時，第一個念頭就是想到他，想到我即將要跟他一起工作，可以看見工作時的他。當我意識到自己的想法時，卻也只能默默在心裡苦笑，笑自己沒用，笑自己傻。

可是現在我知道了……原來樊書俊是這樣想的……但是，為什麼呢？既然如此，當時為什麼要那樣傷我？為什麼？

「又哭，怎麼這麼愛哭……」樊書俊輕嘆，打斷我混亂的思緒。

我用力抱著他，「沒辦法，就是這麼愛哭。」

「那就，哭個痛快吧。」

樊書俊沒再說話，像安撫孩子般拍著我，偶爾輕吻我的額頭，我聽著他的心跳，慢慢地止住眼淚。我不知道到底發生了什麼事，這一切完全無法預料也無法理解，只覺得現在，此時此刻的我，好幸福。

很難形容這到底是什麼樣的感覺，就好像自己跟樊書俊在這世界的中心那樣，在極綠極綠、一望無際的草原上，只有我和他兩人，緊緊相擁著。風吹拂過來，帶著綠草的味道，那是一種清新的幸福感，溫柔而踏實地貼附在我們身上。

那是我，第一次擁有這種感覺。

後來我和樊書俊都請了病假，他說他下午還是得進公司，把倪君猷捅的婁子收拾完。我本想聽他的話，請整天假，但我現在完全心神不寧，一個人在家只會胡思亂想。

「胡思亂想？」樊書俊梳洗完，正對鏡打領帶，「亂想什麼？」

我還是抱著被子，「……這一切都是幻覺，或者是夢，之類的。」

樊書俊回到床邊，執起我的手，輕捏著我的手指，「不可否認，這一切的發展也超出我預期，別看我這樣，我也很慌，不是只有妳忐忑不安，懂嗎？」

我點點頭，沒想到樊書俊會有這樣跟我說話的一天，也沒想到，他會為了我而不安，怎麼辦，瞬間有種得意感（自己都覺得自己欠揍）。

「怎麼了，」樊書俊微笑，「偷笑什麼？」

「沒有。沒什麼。不過，我還是去上班好了，但是——」這次換我玩起他的手指，「上班前一起吃個早午餐，好不好？」

「我們世妍說的，什麼都好。」樊書俊攬著我，笑笑。

我就知道他的笑能照亮全世界。

好幾年前就知道了。

開玩笑，我喬世妍多有眼光啊（天哪為什麼我變得這麼欠揍）。

只是我沒想到，這麼燦爛的笑容，最終能為了我而展現。

我知道，一定會有不安，會擔憂，會想著不確定，會遲疑自己是不是太快接受這一切，但我努力看著眼前的樊書俊，因為，他就是一切的答案——關於我的，愛情的答案。

□

那天下午去上班時，工程部裡已有流言蜚語。

倪君猷請了一星期假，苦逼的陳經理變得幹勁十足，娜娜說最近上頭在調查有人可能涉及洩密，大家都風聲鶴唳，草木皆兵。我趁著空檔到了人力行政課晃晃，其實我也不懂我去那裡做什麼，只是覺得，以臻在這些事中無意地扮演了很微妙但關鍵的角色。說真的我並不討厭，也不喜歡她，但總有一種相當微妙的感覺，讓我在意。不過見到她又如何，我沒打算示威，也沒有什麼好示威的，那麼，我到底見她做什麼呢？我自己也不知道。

但當我到了人力行政課之後，敏晶告訴我，以臻今早被開除了。被開除的還有另一女孩子，是人事部的女生，因為那女生把很多機密人事資料（包括樊書俊的地址）都洩露給以臻。

我有些訝異，後來想想也對。

如果是工程部陳經理要道謝，絕不可能派以臻送禮物過去。就算全工程部的男生都沒空，最後也該落到娜娜跟我頭上，怎麼想都不該是以臻。

「……很誇張吧。」敏晶用這句話當作結語。

我跟敏晶並肩坐在販賣機旁的長凳上，一起看著人力行政課。

「……我說不定過陣子會離職。」我說道。

敏晶看我一眼，「是喔。」

「妳都不八卦理由嗎？」

「我想說妳自己會講啊。」

「哈。」我笑了。

這時，敏晶的手機響起，她滑掉，不接，但我已看到來電號碼。我有些不確定自己是否看錯，但對方又打來，敏晶沒把那個人存入通訊錄中，但她一眼就知道那是誰打的。

「妳手機又響了。」

「八成是貸款推銷。」

她拿起手機，想改成靜音模式，但我因此瞄到那個電話號碼有許多通話紀錄。

「我說敏晶。」

「嗯？」

「妳最近還有辦聯誼嗎？」

「有啊，怎麼沒有？怎樣，要來參加嗎？不過最近約的都沒很帥。」

「妳這樣一直辦聯誼，我哥不會生氣嗎？」

敏晶本能地答道，「妳哥才不——欸，等一下！妳在說什麼，我——」

「妳知道，用那種幾碼連號的手機門號，真的看一眼就會背。」我比比她的手機。「剛剛那幾通都我哥打的吧？還有我想起來了，上次圓桌會議時他叫妳去他辦公室拿文件，如果我沒記錯，他的辦公室有上鎖，能進去的人，不多。」

敏晶注視著我，半晌，忽然笑開，「唉算了，被識破就被識破。要保密，知道嗎？」

「這年頭怎麼大家都這麼多秘密啊？」

「我跟妳哥算什麼，再怎樣也沒有樊副理多。」

「他有什麼秘密？」我追問。

敏晶看著我，「……我覺得妳知道比較好，我是從妳哥那邊聽來的，就是樊副理啊，真的喜歡妳很久很久了。」

我微笑回應，「嗯，確認過了。」

「咦，妳知道囉？唉這樣就沒有爆料的快感了。」

「別這樣嘛，雖然沒有爆料的快感，但被爆料別有一番滋味喔。」

「喬世妍妳真是欠揍。」

□

——老樊，奶奶叫你跟世妍晚上回去。

——怎麼了？

——把你們明正典刑。

——明正典刑？會長知道了？

——世妍身邊多少眼線啊，怎麼可能不知道。

——嗯，好，我明白了。

——你怎麼這麼冷靜？

——緊張也不會有什麼幫助。

——我跟你說，我媽也知道了，她本來已經在幫世妍安排對象了，現在氣得暴跳如雷，一直吵說如果不能讓世妍嫁給有用的對象，實在太划不來什麼的。

——了解。不過再怎麼說，還是看會長吧。

——唷，聽你的口氣，好像已經想好要怎麼搞定我們至高無上的「則天女皇」了。

——我嗎，我大概就祈求「祖先保祐」吧。

——神神秘秘。反正有需要我幫忙就說一聲，知道嗎？

——謝啦。

——啊，還有一件小事。

——嗯？不知道世妍跟你講了沒，我跟敏晶的事她知道了。

——喔，那最近真是震撼二連發。

——錯，是震撼三連發。

——什麼意思？

——沒啦，我二哥也有狀況，但那以後再說了。倒是，你為什麼又看破了？

——看破什麼？

——本來看你都不動作，我還滿擔心的，不過為什麼又決定向世妍表白了？

——你不是知道我跟世妍已經……嗯，總之……

——你少來。那最多是導火線，不會是理由，真正的理由是什麼？

——你一定要問這麼細就是了？

——男子漢大丈夫有什麼不能說的？何況我們可是兄弟耶。

——……就，「事情發生」後的那天早上……世妍她，很努力想讓我不要感到壓力。看著她想假裝沒事，假裝自己很好的樣子，我很心疼。我也很清楚知道，自己要是沒有馬上決斷，她一定會受傷。我不能也不願意世妍再受傷了。

——老樊啊。

——怎樣？

——我們認識這些年，這是你他媽最爽快的一次了！

——……你就非得加個髒話不可嗎？

——我他媽這可是發自內心的啊，懂嗎？

□

「妳確定真的不用訂做禮服嗎？」靠在圍欄上，樊書俊看向我，「沒聽說哪家公主的訂婚服是用租的。」

「我沒有要租，是要買網拍貨，一件一千五的就好。」

「公主殿下，我沒有那麼窮好嗎？雖然幾百萬的禮服有點吃力，但六位數左右的我還付得起。」

「反正只穿一次而已，而且奶奶也同意不必繁文縟節，只是一家人吃個飯，根本不需要那些。」我從皮包裡掏出那封濕了又乾的信，還有馬卡龍鑰匙圈，「重要的是，我有這些就夠了。」

樊書俊凝視著我，伸手貼向我的臉，「……好像做夢一樣。」

我貼靠著他的掌心，最喜歡這樣。

「我覺得你好不可思議。」

「這麼巧，我也覺得妳很不可思議。」

「哪裡不可思議？」

「不是特別漂亮，不是特別聰明，有時候還很任性，但是呢，我卻都覺得可愛，太不可思議了。」樊書俊捧起我的臉，「該不會是對我施了什麼魔法吧？」

「還說我呢。為了忘記你，我還勉強自己跟沒很喜歡的人交往，多可憐。」

「楊在軒聽到會哭吧。」

「你終於說對他的名字了。」

樊書俊凝視著我，「那是因為，以前一想到他曾經牽起妳的手，我就心痛；心痛到不願意提起他的名字。」

我臉紅了。

「妳覺得，現在幸福嗎？」樊書俊輕問。

「我覺得，喜歡的人能同樣喜歡自己，最幸福了。」

河邊的涼風吹來，帶著洋紅和粉橘色的夕陽讓河水波光粼粼，遠方的天空有幾隻不知名的白鳥成列飛過。在這綠茵河畔，我的面前，原來我喜歡的人早就喜歡我了，這就是世界上最幸福的事。

09

給世妍

提筆前猶豫了很久。

以前我總覺得，電影裡那些寫沒幾句就揉掉信紙重新開始的橋段很假，現在才知道，原來那是真的。

這是我最後一張信紙了。

我實在沒有寫情書的經驗，雖然我收到不少，但卻從來沒有記得內容過。我想了很久，不知道該從何說起。妳哥說只要寫四個大字就好，我相信他的建議絕對不可靠。但是，有很多話，我認為當面說，會比用文字表達更真切，因此我不會寫得太長，也不會有些無謂的文句，請妳見諒。

我從來就不覺得自己很特別，但好像很多女孩子是這麼想的，她們看著我時常常臉紅、不好意思，或者害羞（特別是來告白時），因此，女孩子們的這種神情我真的很常見，並不在意。或者厚臉皮一點，我甚至可以說是司空見慣。

但是，妳跟她們不一樣。

也許妳根本不記得了，有一次我去妳家找梅若群，他為了女孩子臨時跑出去，妳拿著數學題目來問我。那天的妳，像是一朵細緻晶瑩的玫瑰花蕾般甜美，我想，那個就是很多小說裡所謂的「心動的瞬間」。

我以前從來沒對其他女孩子有過這種心情，這是第一次。

其他的話，我就不寫在信裡了。

我希望有天，能親口告訴妳，關於那四個梅若群要我直接寫上去的大字。

後來的後來

——欸我忽然想到一件事。

——什麼事？

——雖然我現在已經知道全部的經過了，也明白你當年是為了樊伯伯的事才拒絕我，但是——

——但是什麼？

——你都不覺得你當年說的話很過分嗎？

——喔，那個啊。

——你果然還記得。

——不過分，妳就會還保有一絲希望，到時不是更難過嗎？

——有什麼用，說得那麼過分，我還不是一樣喜歡你到現在？

——是沒什麼用，我以為從此以後自己也能死心，結果跟妳一樣。

——唔？

——也一樣喜歡妳到現在。

——你別以為這樣我就不生氣。

——但是妳要知道……

——知道什麼？

——我在說「我這輩子都不會喜歡妳」的時候，說到「不」字時，偷偷劃了個X。

——什麼意思？

——那句話去掉「不」，就是我的意思。

我這輩子都會喜歡妳。
喜歡，妳。

The End

後記

好開心！又跟大家見面了！

這次的主角世妍，該怎麼形容呢，完全就是本ㄨㄧˊ惡劣性格大爆發的結果。因為世妍的個性，基本上就是本ㄨㄧˊ的暗黑面全開（掩面）。平常有理智存在，所以當然沒有那麼嚴重，但是……實在不太討人喜歡（自我檢討）。

不過，這個世界上本來就沒有什麼完美個性的人，世妍是這樣，書俊更是這樣。書俊這個角色一開始的性格設定，就是筆記本上的幾個字「糾結，很糾結」，在故事裡，本來單純的他也期待跟世妍告白，但沒想到家裡發生了那些事，責任心過度又性格糾結的他，只好給自己訂下了目標，沒有達成就不能跟世妍在一起。這部分的情緒本ㄨㄧˊ考慮了很久，最後只用一句話帶過，就是書俊跟若群所說，不是為了自尊，而是自卑的話。有些東西，寫得太盡、太白，會失去一些想像、玩味的空間。也因此，在這個故事裡，一些情緒上的描寫可能跟之前幾部作品不同，因為這次本ㄨㄧˊ想留一些空間，讓大家在閱讀時能填入自己的想像和心情，也許能得到不一樣的樂趣。

另外，在《別叫我公主》裡，本xi最喜歡的配角是梅家三哥，雖然他是個花花公子、酒店咖、蹺班王（為什麼愈說愈討人厭XD），但他髒話流利的程度真是相當討人喜歡（誤）。在寫作計劃裡，有天可能也會為都沒出場的梅家二哥寫個故事（好吧其實寫了兩萬多字了），只是不知道會是什麼時候呢。

總而言之，本xi一直覺得，現實生活裡一定有童話，而童話故事裡也少不了現實。對本xi來說，《別叫我公主》其實是帶有一些些現實傷感成分的故事，也算是世妍的成長經歷，希望除了愛情主題之外，大家也能對故事中其他人性或職場的部分感到有趣。

再次謝謝春天出版團隊，特別是一直被本xi騷擾的美豔責編人妻大人（版權頁有她的名字），還有在寫作期間一直鼓勵本xi快點寫完好開始玩耍的前任大叔，最重要的是，願意持續支持的你／妳，再次感謝，希望很快就能再跟大家見面。

袁晞

All about Love / 28

别叫我公主

國家圖書館出版品預行編目資料
別叫我公主 ／ 袁晞 著.
— 初版. — 臺北市 ： 春天出版國際, 2016.10
面； 公分. —（All about Love ；28）
ISBN 978-986-5607-77-7（平裝）
857.7　　　　105010598

版權所有・翻印必究
本書如有缺頁破損，敬請寄回更換，謝謝。
ISBN 978-986-5607-77-7
Printed in Taiwan
All rights reserved.

作　者　袁晞
總編輯　莊宜勳
企劃主編　鍾靈
責任編輯　黃郁潔
封面設計　三石設計

出版者　春天出版國際文化有限公司
地　址　台北市信義區信義路四段458號3樓
電　話　02-7718-0898
傳　真　02-7718-2388
E－mail　frank.spring@msa.hinet.net
網　址　http://www.bookspring.com.tw
部落格　http://blog.pixnet.net/bookspring
郵政帳號　19705538
戶　名　春天出版國際文化有限公司
法律顧問　蕭顯忠律師事務所
出版日期　二〇一六年十月初版
定　價　199元

總經銷　楨德圖書事業有限公司
地　址　新北市新店區寶興路45巷6弄6號5樓
電　話　02-8919-3186
傳　真　02-8914-5524